INSTITUT IMPÉRIAL DE FRANCE

DISCOURS DE RÉCEPTION

DE

M. D'HAUSSONVILLE

RÉPONSE

DE

M. SAINT-MARC-GIRARDIN

DIRECTEUR DE L'ACADÉMIE FRANÇAISE

Lus à la séance publique du 31 mars 1870

PARIS

LIBRAIRIE ACADÉMIQUE

DIDIER ET Cie, LIBRAIRES-ÉDITEURS

35, QUAI DES AUGUSTINS

DISCOURS

DE

M. D'HAUSSONVILLE

Paris. — Imprimerie Adolphe Lainé, rue des Saints-Pères, 19.

DISCOURS

DE

M. D'HAUSSONVILLE

PRONONCÉ

A SA RÉCEPTION A L'ACADÉMIE FRANÇAISE

le 31 mars 1870

PARIS

LIBRAIRIE ACADÉMIQUE

DIDIER ET Cie, LIBRAIRES-ÉDITEURS

QUAI DES AUGUSTINS, 35

1870

DISCOURS

DE

M. D'HAUSSONVILLE

Messieurs,

Si je n'avais, suivant vos sages traditions, sollicité par écrit l'honneur de m'asseoir dans cette enceinte, je serais presque tenté d'affirmer que mon plus grand étonnement, c'est de m'y voir. Combien de fois n'ai-je pas, en effet, reculé devant la pensée de m'offrir à vos suffrages! Aujourd'hui même, après les avoir si heureusement obtenus, j'éprouve encore, veuillez m'en croire, presque autant de crainte que de joie. En comblant des vœux qu'à peine j'osais former, vous m'avez imposé, du même coup, une redoutable obligation, celle de me féliciter publiquement de votre choix, et de le justifier en vous remerciant. Comment y réussir? Je n'ai point reçu, hélas! le don charmant de bien dire, et le secours des fortes études a manqué à ma première jeunesse. Mais qui peut échapper tout à fait aux influences de son temps ? Ma bonne étoile m'a fait débuter dans la vie à l'heure brillante où, rentrée en possession d'elle-même, la France saluait avec enthousiasme, sous le ministère de M. de Martignac, l'alliance féconde de la politique et de la littérature. Inaugurée avec la liberté, cette alliance a duré autant qu'elle ; et ce n'est pas à vous, Messieurs, qu'il est besoin de rappeler quelles voix éloquentes l'ont, pendant longues années, représentée, soit dans les chaires de nos facultés, soit dans les colonnes de nos journaux, soit à la tribune de nos assemblées publiques. Je ne saurais, quant à moi, oublier ce que je dois aux maîtres qui ont instruit et charmé mon heureuse génération. Ils ne nous ont pas seulement appris, par l'excellence de leurs œuvres, à ne goûter que le vrai, à n'admirer que le beau. Grâces leur soient aussi rendues pour nous avoir montré, par leur exemple, à ne respecter que le droit, à n'aimer que la justice, à préférer à tout l'indépendance !

C'est l'éternel honneur des lettres françaises de s'être constamment inspirées des sentiments généreux qui forment le patrimoine commun de toutes les classes de notre société. Avant d'avoir figuré dans les cahiers des trois ordres, les principes de 89 ont été proclamés par les grands écrivains du XVIIIe siècle. Montesquieu, Voltaire et Rousseau ont, les premiers, servi de leur plume les idées que Mirabeau a défendues plus tard par sa parole, et pour lesquelles Barnave a péri sur l'échafaud. Chez nous, la liberté naissante a compté autant de précurseurs littéraires que de martyrs politiques. Les noms se pressent sur mes lèvres quand je songe à la phalange de ces nobles esprits qui, sous tous les régimes, se sont intrépidement obstinés à revendiquer pour notre pays le droit de disposer de lui-même. Leur race ne s'est pas, Dieu soit loué, éteinte de nos jours. Elle a survécu au premier empire ; et le monde entier a été frappé de l'éclat jeté sur la Restauration et sur le gouvernement de Juillet par les hommes éminents qui n'ont jamais cessé de mettre les plus belles facultés au service de la meilleure des causes.

Peut-être l'âge m'a-t-il, à mon insu, rendu partial pour le passé ; mais je ne puis, je l'avoue, me rappeler sans émotion avec quelle joie patriotique les jeunes intelligences de mon temps ont vu l'inauguration de la liberté servir chez nous de signal à la renaissance des lettres, et le développement de nos franchises nationales marcher de pair avec l'expansion de toutes les facultés de l'esprit humain. Quel temps, en effet, Messieurs, celui où, sept fois élu par ses concitoyens, M. Royer-Collard employait l'autorité de sa parole grave et pénétrante à réconcilier le chef d'une dynastie antique avec les nécessités de notre société moderne, tandis que le jeune héritier de sa chaire, M. Cousin, inconnu la veille, célèbre dès le lendemain, protestait au nom des principes élevés du spiritualisme contre les doctrines du dernier siècle ! La philosophie n'était point seule à rencontrer de pareilles bonnes fortunes. La littérature et l'histoire n'avaient rien à lui envier. Pour les esprits délicats, quelle source de jouissances dans les étincelantes improvisations que prodiguait à la Sorbonne l'ingénieux inventeur de la critique moderne, le maître des élégances, l'arbitre de toutes les réputations littéraires, qui n'a pas cessé de prêter à vos concours académiques l'attrait toujours nouveau de sa parole séduisante, et dont le public ne se lasse point de ratifier, chaque année, les équitables et fins jugements ! Du haut d'une chaire voisine, un rival de succès et de gloire ouvrait, à la même époque, l'ère des grands travaux historiques, en racontant l'origine, la formation, les progrès de notre unité territoriale, et retraçait, avec la curiosité de l'érudit et les inquiétudes déjà visibles du politique, les traditions et les instincts de la nation qu'il devait plus tard gouverner comme ministre.

Cette éloquence de l'enseignement, portée si haut à ses débuts, n'a pas été le seul fruit de la liberté. Elle a du même coup créé un genre nouveau de littérature, dont l'éclat ne s'est plus éteint. Je veux parler du journalisme. N'a-t-on pas vu se former alors un groupe de brillants publicistes, prompts à dépenser chaque matin avec prodigalité les fécondes ressources de leur plume alerte et vigoureuse ? A toutes les époques vous vous êtes plu, Messieurs, à ouvrir largement vos rangs aux honnêtes gens, habiles dans l'art de bien écrire, qui ont été, pour ainsi dire, les porte-drapeau des partis les plus opposés. Il y en a eu de bien illustres ; et je les aperçois, en ce moment, presque tous devant moi. Oublieux des dissidences passées, ils sont surtout sensibles au plaisir de se retrouver fraternellement confondus dans votre paisible enceinte ; et ce n'est pas un faible honneur pour moi de pouvoir, grâce à votre choix, m'aller tout à l'heure asseoir à côté d'eux. On dirait même que le hasard a deviné mes plus secrets désirs, lorsqu'il a désigné, pour me recevoir, un compagnon des anciens jours, avec lequel j'ai eu le bonheur de marcher continuellement d'accord, et qui m'a, de longue date, habitué à son indulgente bienveillance.

Les gouvernements absolus se complaisent seuls, dans leurs plus mauvais jours, à dédaigner le concours des écrivains jaloux de maintenir l'indépendance de leur pensée. Dès qu'ils reviennent à de meilleurs errements, le gage le plus sûr qu'ils donnent à l'opinion, n'est-ce pas l'empressement qu'ils mettent à rechercher aussitôt l'appui des hommes de lettres, ces dispensateurs naturels de toutes les renommées? Nos deux premières monarchies parlementaires ont obéi sans effort à cet instinct généreux. Elles n'ont, ni l'une ni l'autre, hésité à faire appel aux grandes illustrations littéraires de leur époque. Elles n'ont pas eu seulement le bon goût de leur donner part à nos affaires intérieures ; elles ont eu la fierté de vouloir s'en parer au dehors, comme du plus glorieux ornement pour la patrie, et ces choix rencontraient l'assentiment public. C'est ainsi que, dans ma courte carrière diplomatique, il m'a été donné de débuter, à Rome, sous les auspices de l'immortel auteur du *Génie du christianisme*, de servir, à Turin, sous les ordres de l'aimable historien des *Ducs de Bourgogne*, et de vivre, à Londres, dans l'intimité du spirituel écrivain auquel nous devons la vive peinture des troubles de la Fronde. C'est ainsi que, plus d'une fois, je me suis trouvé à l'étranger l'agent accrédité de deux grands ministres, que j'ai souvent entendu accuser d'insatiable ambition, et qui, au lendemain du jour où la tribune leur était fermée, se sont, pour toute réponse, contentés de reprendre la suite à peine interrompue de leurs beaux travaux historiques.

Ne me défendez pas, Messieurs, le plaisir d'évoquer de tels souvenirs, et ne me refusez pas l'avantage d'appeler au secours de ma propre insuffisance les hommes éminents qui ont encouragé mes premiers efforts. Ma véritable vocation eût été de les toujours servir, en simple soldat, dans les obscures mêlées de la politique. Triomphants ou vaincus, dans la bonne comme dans la mauvaise fortune, ils pouvaient compter sur moi, car leur drapeau était le mien. Quand ce drapeau a été abattu, lorsqu'il n'a plus été possible de le relever, ni même de le défendre, après un premier moment de stupeur passé hors de France, j'ai eu, je ne sais comment, la hardiesse de vouloir imiter , moi aussi, et de bien loin, l'exemple qui m'était donné de si haut. J'ai senti le besoin d'alléger, par quelque occupation suivie, le poids de ma douleur publique. Quoique insuffisamment préparé, l'histoire m'a tenté. L'histoire, n'est-ce pas encore la politique, mais la politique apaisée et vue, pour ainsi dire, à distance? Aborder les vastes tableaux eût été au-dessus de ma faiblesse. J'ai cherché de plus modestes sujets vers lesquels je me sentais sollicité par de naturelles prédilections. Peut-être les exigences de la science historique moderne s'accommodent-elles des vues de détail jetées sur un horizon volontairement restreint ; et le public ne me paraît pas en vouloir beaucoup aux auteurs qui se laissent guider, dans le choix de leur sujet, par de lointaines affinités d'origine, de souvenir et de goût. N'avons-nous pas, en effet, vu, de nos jours, le chef même de l'État retracer, avec un développement nouveau, fruit de patientes et amoureuses recherches, la vie du premier des Césars; tandis que l'un des descendants de la plus noble famille souveraine de l'Europe nous racontait, en véritable héritier de leurs héroïques qualités, les hauts faits des princes de la maison de Condé? Tant il est vrai que le culte des lettres convient à toutes les situations, et que, suivant les fortunes diverses, l'étude possède le don incomparable d'ajouter un surcroît d'agrément à la prospérité ou de servir de consolation dans l'exil.

Personne, Messieurs, n'a plus que mon prédécesseur profité des heureuses distractions que l'amour assidu des lettres peut apporter aux amertumes de la politique. M. Viennet a été, vous le savez, député et pair de France. On l'aurait toutefois choqué de son vivant, on risquerait, peut-être, d'offenser sa mémoire, si l'on ne se pressait d'ajouter que le titre auquel il tenait le plus était celui de poëte et d'auteur dramatique. Ambitieux de gloire, M. Viennet attachait moins de prix aux dignités qu'aux honneurs. Si la révolution de février eut la male chance d'encourir tout d'abord sa mauvaise humeur, ce fut principalement, ainsi qu'il le disait lui-même, parce qu'elle l'avait indûment privé de l'éloge posthume qu'il avait droit d'attendre de ses collègues de la chambre des pairs. Cependant il songeait surtout à ce que dirait de lui un jour, dans cette enceinte, son successeur inconnu, et, s'adressant d'avance à lui, il s'écriait dans une épître familière :

> Parlez fort peu de moi, mais beaucoup de mes vers.

Vos suffrages m'ont confié, Messieurs, le soin de remplir le vœu formé par l'aimable vieillard dont vous regrettez la perte ; et nulle tâche ne saurait m'être plus douce. Permettez-moi seulement de compter sur votre bienveillance, lorsqu'au risque de désobéir à M. Viennet, je me prépare à vous parler beaucoup de lui, en me gardant toutefois d'oublier ses vers.

M. Viennet est né à Béziers, le 18 novembre 1777 ; mais sa famille n'était pas originaire du Languedoc. Volontiers il racontait avoir trouvé, dans les papiers de son père, un extrait des archives latines du sénat de Chambéry, qui rattachait directement à la noble maison des *Benenati*, de Milan, la branche des Biennet, établie dès la neuvième siècle, en Savoie. Transportés, avec une légère altération de la première lettre de leur nom, dans la comté de Bourgogne, les *Benenati*, de Milan, seraient, plus tard, devenus les Viennet, de Champignoles. Quoi qu'il en soit de cette origine, il est certain que quatre officiers, du nom de Viennet, servaient avec honneur, avant la Révolution, dans l'armée royale de France, et tous ensemble ils se trouvèrent à la journée de Rosbach. Le plus jeune d'entre eux, licencié à la paix de 1763 et marié à Béziers, a donné le jour à votre ancien confrère. L'exploitation d'un petit domaine rural composait toute la fortune du père de M. Viennet, qui ne tarda point, d'ailleurs, à se voir à la tête d'une nombreuse postérité. C'était alors l'usage d'élever de bonne heure ses enfants pour occuper, dans l'avenir, certaines places déjà dévolues à quelques proches parents, et qui, dans ces modestes intérieurs, étaient ordinairement considérées comme une sorte de patrimoine inaliénable. Or le père de M. Viennet avait, à Paris, un frère devenu curé de l'une des plus riches paroisses de la capitale. Tel était, suivant toute probabilité, le paisible héritage que, sous l'ancien régime, le jeune Viennet aurait été appelé à recueillir. La perspective d'une position qui le tirerait hors de sa province était loin de lui déplaire. Peu s'en est donc fallu que le futur grand maître du rite écossais ne devînt curé de Saint-Méry. De terribles événements, qui ont bouleversé d'autres existences que la sienne, en décidèrent autrement. Ce n'était point la soutane, mais l'uniforme que devait endosser M. Viennet.

Pareil changement de vocation était presque de tradition dans la famille, et le père de M. Viennet aurait eu mauvaise grâce à s'en étonner, car lui-même avait donné cet exemple à son fils. Chartreux à dix-huit ans, chanoine à vingt ans, lieutenant de lanciers à vingt-deux ans, la Révolution l'avait fait se jeter avec ardeur dans la politique. Il ne semble pas, d'ailleurs, que cette carrière agitée ait rien ôté à la droiture ni à la fermeté de caractère de l'ancien combattant de Rosbach. Devenu membre de la Convention et du comité de la guerre, il ne voulut jamais reconnaître à ses collègues ni s'attribuer à lui-même le droit de condamner Louis XVI. Plus d'une fois j'ai entendu M. Viennet raconter avec orgueil une anecdote dont son père était le héros, et qui démontre à quel point la formidable assemblée, qui inspirait tant d'effroi, était elle-même courbée sous le joug de la terreur. La veille du jugement, les députés de l'Hérault s'étaient, au nombre de neuf, réunis chez M. Viennet. Tous ensemble, ils s'engagèrent par serment à voter contre la mort. Cependant des billets menaçants avaient été remis, durant la nuit, à chacun des membres de la réunion ; ils étaient ainsi conçus : « Si tu ne fais pas mourir le tyran, tu périras toi-même. » A la séance du lendemain, quatre des collègues de M. Viennet, appelés à voter avant lui, avaient déjà violé leur serment. « Pareilles menaces n'arrêtent que les ames pusillanimes, » dit M. Viennet en leur montrant son billet tout ouvert, et, montant à la tribune, il vota résolûment contre la mort. Chose remarquable! son exemple entraîna les quatre autres députés de l'Hérault, car le courage aussi peut être contagieux.

Pendant que M. Viennet père suivait à Paris les séances du comité de la guerre, son fils continuait ses études dans un collége de Béziers, autrefois dirigé par les jésuites, et qui avait gardé quelques-uns de ses anciens professeurs. A Béziers comme dans le reste de la France, les écoliers étaient fort épris des idées régnantes. Ils jouaient volontiers à la république, comme ils auraient joué aux barres. Dans la ferveur de son zèle, le jeune élève des jésuites institua même, parmi ses condisciples, un club dont il était président et une compagnie de garde nationale qui le reconnut pour capitaine. Ses devoirs de président de club et de capitaine de la garde nationale ne suffisaient pas toutefois à l'activité du jeune Viennet. Il ne se fut pas plutôt rendu maître des règles de la prosodie latine, qu'il se mit à composer des vers français. Les vers ont été sa première et sa dernière passion. A dix-huit ans, l'ambition de la gloire le possédait déjà tout entier. Il voulait, suivant ses propres expressions, la conquérir à la fois et par la plume et par l'épée. C'est pourquoi, bien ou mal inspiré, il prit alors deux graves déterminations. Il résolut de se faire poëte et d'entrer dans l'artillerie de marine.

La première campagne maritime de M. Viennet ne devait pas être heureuse. Envoyé à Brest, puis à Lorient, il était en train d'étudier les principes de la pyrotechnie et de tourner quelques vers galants aux dames de la ville, lorsqu'il fut, le 21 avril 1797, embarqué sur le vaisseau l'*Hercule*. Ce bâtiment n'eut pas plutôt gagné le large, qu'il se vit donner la chasse par deux croiseurs anglais. Grâce à l'obscurité de la nuit, le plus fort des deux vaisseaux ennemis parvenait à décharger à bout portant, contre les flancs de l'*Hercule*, tous les canons de ses trois formidables batteries. Avant d'avoir pu tirer un seul coup, les pièces françaises étaient déjà hors de service. Mais, à défaut d'expérience, l'héroïsme n'a jamais manqué aux marins de la République, et l'on continua de se battre corps à corps, à coups de sabre et de pique. Le feu était à bord. « Sais-tu nager, citoyen ? » demanda le second de l'*Hercule* à M. Viennet. — « Non. — Eh bien ! tant mieux pour toi, tu seras plus vite noyé ! » Il s'agissait, en effet, d'être noyé, de sauter en l'air ou de se rendre. A minuit, l'équipage de l'*Her-*

cule, réduit de plus de moitié, devenait prisonnier des Anglais. M. Viennet, seul survivant de tous les officiers d'artillerie, se ressouvint alors que, dansant la veille avec une jeune dame de Lorient, à laquelle il débitait je ne sais quelle folie, sa gracieuse compagne lui avait répondu également en riant : « Qui sait ? demain, à pareille heure, peut-être ne serez-vous pas aussi gai. »

M. Viennet n'a pas gardé un agréable souvenir des sept mois qu'il a passés sur les pontons de Plymouth. Plus que jamais il lui fallut s'adonner au culte secourable des Muses. Pour passer le temps, il devint même acteur. Sur le théâtre qu'il réussit à monter à bord de sa prison maritime, les pièces composées par le jeune lieutenant d'artillerie alternaient avec les tragédies et les vaudevilles du temps. Les rôles féminins étaient remplis par les aspirants ou par les mousses. Cette belle gaieté française ne laissait pas que de surprendre un peu la gravité britannique , mais elle était assez du goût des dames de Plymouth, qui plus d'une fois sollicitèrent la faveur d'assister à ces représentations d'un répertoire à coup sûr fort nouveau pour elles. Ces jours-là, au dire de ses camarades, M. Viennet, toujours chargé, par préférence, des rôles de héros et d'amoureux, soignait particulièrement son jeu, et les applaudissements ne lui faisaient pas défaut.

Si grand que fût son succès, M. Viennet n'en éprouva pas moins une vive joie, lorsqu'il fut, au mois de novembre suivant, relâché sur parole. Complimenté, à Paris, sur sa belle conduite pendant le combat de l'*Hercule*, il ne fit que traverser la capitale pour aller, à

Béziers, retrouver sa famille. A Béziers, la vie, moins monotone qu'à bord des pontons anglais, était pourtant fort calme. S'il s'était engagé d'honneur à ne point porter les armes contre la Grande-Bretagne, grâce à Dieu, M. Viennet n'avait promis ni aux Anglais ni à personne de renoncer à la poésie. Il se mit alors à composer la tragédie des *Incas*, devenue plus tard la tragédie des *Péruviens*, et qui, reçue au Théâtre-Français le 31 décembre 1839, n'y a cependant jamais été jouée. A la même époque, car sa muse allait vite, il acheva aussi une autre pièce, en cinq actes, intitulée *Hippodamie*. Dans *Hippodamie*, M. Viennet, qui a toujours aimé la mythologie, prenait les Pélopides à leur origine. Le public n'était pas alors fatigué de cette race. Vingt ans après, les temps étaient plus durs. Il eût été trop périlleux de vouloir intéresser un parterre français aux aventures de la fille d'Œnomaüs, et l'auteur, non sans quelque regret, je le pense, se décida à livrer aux flammes la malheureuse *Hippodamie*.

Cependant les officiers de l'*Hercule* ayant tous été définitivement échangés contre des prisonniers anglais, un ordre venu de Paris interrompit les travaux dramatiques de M. Viennet et l'envoya derechef à Lorient. Il avait déjà rejoint son ancienne garnison lorsqu'on y mit aux voix le consulat à vie. Un registre à double colonne était destiné à recevoir, par oui ou par non, les votes des militaires. Jamais, à aucune époque de sa vie, lorsque ses convictions étaient fermement arrêtées, M. Viennet n'a redouté l'isolement. Son vote négatif devait, cette fois, frapper d'autant plus l'attention de ses chefs, qu'il s'étalait fièrement au sommet d'une page demeurée toute blanche. « Je m'en doutais, » s'écria M. Decrès, alors ministre de la marine, et qui déjà, comme préfet maritime à Lorient, s'était plaint de l'insubordination politique du jeune lieutenant d'artillerie. Un moment même il songea à l'envoyer commander un fort à Cayenne. Le second consul, Cambacérès, sauva heureusement de cette disgrâce le fils de son ancien collègue. Mais l'éveil était donné. Lorsqu'il fut question de voter pour ou contre l'établissement de l'Empire, M. Viennet reçut, le jour où s'ouvrait le scrutin, la mission d'aller s'enquérir sur les côtes de la Bretagne de ce qu'était devenu un certain vaisseau français, *le Vétéran,* sur le sort duquel le ministre de la marine avait tout à coup été pris des plus vives inquiétudes. Ce bâtiment s'était, depuis un mois, mis à l'abri des croisières anglaises en se réfugiant dans un petit port de la Bretagne, où n'étaient jamais entrés que des caboteurs. Interrogées par l'envoyé de M. Decrès, les autorités locales lui firent aisément comprendre par leur surprise qu'on n'avait en réalité songé qu'à paralyser son vote. A son retour, les registres étaient, en effet, repartis pour la capitale ; et ce fut ainsi, qu'à son très-grand regret, M. Viennet fut empêché de voter contre le premier empire. Suivant sa coutume, il s'en consola en fondant à Lorient une sorte d'académie littéraire, et en écrivant presque immédiatement une comédie, *le Désœuvré.*

Les changements de garnison étaient peu fréquents dans l'artillerie de marine, les expéditions rares et le service pas trop exigeant. Successivement envoyé à la

Spezzia et à Toulon, M. Viennet, fidèle à ses goûts de jeunesse, trouva toujours moyen d'occuper poétiquement ses loisirs. Cependant, en Italie comme dans le Var, il avait, en versifiant, les yeux incessamment tournés vers la capitale. Lorsqu'il obtint enfin, au commencement de 1812, la faveur de s'y rendre, il apportait avec lui dans sa valise de voyage une quinzaine d'épîtres, deux tragédies, *Alexandre* et *Clovis*, et les quatre premiers chants d'un poëme héroïque intitulé *Francus*.

Plusieurs de ces épîtres avaient déjà été imprimées. Quelques-unes avaient même remporté des prix aux Jeux floraux. Dans ce nombre il y en avait deux directement adressées à Napoléon sur la bataille d'Austerlitz et sur les embellissements de Paris, car M. Viennet n'avait pas tenu rigueur au chef de l'Empire. Il arrivait dans la capitale l'imagination toute remplie des projets les plus ambitieux. Ce n'était pas un avancement en grade qu'il souhaitait. Il savait M. Decrès trop mal disposé pour lui. Trois choses autrement importantes lui tenaient à cœur. Il voulait faire lire ses épîtres par l'Empereur, faire recevoir *Clovis* au Théâtre-Français et présenter les quatre chants de *Francus* au concours des prix décennaux. Une circonstance particulière donnait toutefois un peu d'inquiétude à M. Viennet : outre les deux épîtres adressées à Napoléon, il y en avait encore une troisième, jadis imprimée à Lorient, mais sans nom d'auteur. Cette épître se moquait de certains courtisans qui avaient imaginé d'aller chercher en Norwége une origine royale au sang des Bonaparte. Le poëte, apostrophant le nouvel Empereur, avait été jusqu'à oser lui dire :

J'estime tes aïeux, mais j'aime mieux te voir
Être grand par toi-même, et ne leur rien devoir.
La France, en t'élevant au trône de ses maîtres,
A compté tes hauts faits, et non pas tes ancêtres.

Comment l'épître avait-elle été prise par l'Empereur? En connaissait-il l'auteur? Si elle avait déplu, adieu tous les beaux plans d'avenir! Sur ce point M. Viennet devait être assez vite rassuré. Apercevant un jour la terrible épître sur le bureau de l'un de ses compatriotes, M. de Beausset, secrétaire du cabinet de Napoléon, il en pâlit d'abord d'effroi. Quel ne fut pas son étonnement d'apprendre par M. de Beausset que l'Empereur avait été si satisfait de cette pièce de vers qu'il l'avait fait imprimer et distribuer afin de couper court au ridicule dont il avait craint d'être un instant couvert par la sotte invention de quelques maladroits flatteurs! Aussi content maintenant qu'il était inquiet tout à l'heure, M. Viennet demanda à son ami s'il savait quel était l'auteur de cette épître. « Non, pas plus que l'Empereur. — C'est moi. — Vous? vraiment? eh bien, j'en suis fâché, mais vous avez manqué votre fortune. — Pourquoi? est-ce que je ne suis pas encore là? — Il n'est plus temps, mon cher; l'épître a fait son effet, et l'Empereur n'a plus besoin de vous. »

L'Empereur allait bientôt avoir besoin de tout le monde, des militaires surtout, poëtes ou non. Il s'agissait de réparer les désastres de la retraite de Moscou, et les régiments d'artillerie de marine venaient d'être distraits de leurs garnisons ordinaires pour prendre part à la prochaine campagne d'Allemagne. Notre lieutenant avait même gagné à ce changement son épaulette de capitaine. Mais cela ne lui importait qu'assez médiocrement. Qu'allait-il advenir de la tragédie de *Clovis* sur laquelle il avait reporté toutes ses espérances? Comment s'y prendre pour lui ménager la faveur des sociétaires du Théâtre-Français? Un décret récemment dicté par l'Empereur à Moscou venait d'attribuer exclusivement aux acteurs de cette troupe justement célèbre le droit de prononcer sur le sort des pièces qui leur étaient soumises. Vers la fin de mars 1812, *Clovis* comparut devant le redoutable aréopage. Le premier acte est assez goûté, le deuxième plaît mieux encore. Au troisième, ses juges annoncent à M. Viennet qu'il sera reçu par acclamation. Mais voici qu'au quatrième acte, les fronts se rembrunissent. A la fin du cinquième, le silence est général ; et, quand on passe au vote par bulletins, il se trouve que *Clovis* est simplement reçu à correction.

M. Viennet, comme tout auteur aurait fait en pareille circonstance, passa une fort mauvaise nuit. Cependant une idée nouvelle le frappe à son réveil. Deux actes nouveaux s'arrangent dans sa tête. Il en écrit d'un jet les cinquante premiers vers. Il se précipite chez Talma, chez Lafon ; il leur explique son plan, il leur récite ses vers. Ces messieurs s'en disent très-satisfaits. Cependant le mois d'avril est arrivé, et avec lui l'ordre de partir immédiatement. Que faire ? M. Viennet court au ministère de la guerre. Le duc de Feltre ne recevait pas souvent des officiers sollicitant des prolongations de congé uniquement pour achever les derniers actes d'une tragédie. En homme du monde, il accueillit de bonne grâce la demande de M. Viennet. Il l'autorisa même à rester à Paris jusqu'au jour du départ de l'Empereur. De la part d'un ministre, alors si occupé, le procédé était obligeant. M. Viennet n'en abusa point : en cinq jours il avait terminé ses deux actes, et *Clovis* était reçu à l'unanimité.

J'ai insisté, Messieurs, sur cet épisode littéraire de la vie de M. Viennet, parce qu'il a tenu une grande place dans ses souvenirs, et qu'il en a toujours parlé comme de son premier triomphe. Je n'en ai point toutefois fini, vous allez le voir, avec la tragédie de *Clovis*, soigneusement transcrite sur un petit calepin, que, pour plus de sûreté, M. Viennet eut soin d'emporter cousu dans la doublure de son uniforme. Le poëte ainsi lesté, il restait au capitaine d'artillerie à se dépêcher beaucoup, afin de retrouver son régiment, déjà en pleine marche vers les champs de bataille de l'Allemagne. La joie, dit-on, redouble le courage, et M. Viennet avait hâte, comme il l'avait promis au duc de Feltre, d'arriver avant les premiers coups de feu. Il ne m'appartient pas de suivre votre ancien confrère ni à Lutzen, où il combattit vaillamment, ni à Bautzen, où il fut décoré de la main de l'Empereur. Mais je rentrerai dans mon sujet en racontant ici, à la satisfaction des amateurs de pièces de théâtre, comment il est parfois utile, même à la guerre, d'avoir fait une tragédie en cinq actes. Dans la désastreuse journée de Leipzig, où nos malheureux corps d'armée se cherchèrent inutilement sans pouvoir se rallier, M. Viennet reçut une balle en pleine poitrine. Elle l'aurait infailliblement tué, si, par bonheur, elle n'eût frappé juste au milieu du calepin qu'il portait sous son uniforme. J'ai tenu entre mes mains le précieux manuscrit. L'empreinte de la balle est fortement marquée sur sa couverture, un peu épaisse; elle y a produit une sorte de bosselure qu'on peut suivre aisément de feuille en feuille. Représenté plus tard au Théâtre-Français, *Clovis* y obtint un succès véritable; et c'est ainsi qu'à tous ses mérites classiques cette pièce a joint celui d'avoir sauvé la vie à son auteur.

Ou j'ai mal esquissé les traits principaux du caractère de M. Viennet, ou vous avez déjà deviné, Messieurs, avec quels sentiments il accueillit la Restauration. L'Empire n'avait obtenu de lui qu'une adhésion tardive. Jamais il n'avait cru à l'établissement durable en France d'un régime purement militaire et despotique. Son choix ne fut pas un instant douteux, et lui-même nous en a donné les motifs. « La gloire était sortie avec Napoléon par une porte, et, la liberté rentrant par l'autre avec les Bourbons, je me ralliai franchement à l'auteur d'une charte qui consacrait les grands principes de la Révolution (1). »

On sait qu'à leur premier retour les princes de la famille royale prirent soin d'admettre dans leur maison militaire quelques-uns des officiers qui avaient servi sous la République et sous l'Empire. Attaché à l'état-major du général Montelegier, qui remplissait lui-même les

(1) Préface des Œuvres de M. Viennet. — Édition de 1827.

fonctions d'aide de camp auprès du duc de Berry, M. Viennet profita de sa résidence à Paris pour reprendre ses travaux dramatiques. Une telle situation lui convenait parfaitement; l'agrément en était relevé par les attachantes qualités du prince dont il n'a jamais cessé de vanter le caractère, quoiqu'il ait eu plus tard le chagrin d'encourir sa disgrâce. Jamais, en effet, les instances de son général ne purent, au mois de mars 1815, décider l'ancien décoré de Bautzen à quitter la France. Demeuré à Paris, il ne se contenta pas de voter contre les actes additionnels, il voulut, comme à son ordinaire, appuyer son vote d'une brochure. Dans sa brochure, tirée à plusieurs éditions, M. Viennet n'hésita pas à proclamer que la charte de Louis XVIII valait cent fois les constitutions de l'Empire et que le retour de l'exilé de l'île d'Elbe était un malheur public. Le croirait-on? quand Louis XVIII rentra pour la seconde fois en France, ses ministres oublièrent absolument la courageuse brochure. L'aide-de-camp de M. de Montelegier n'avait pas suivi son général à Gand : voilà ce dont ils se souvenaient, et M. Viennet fut, en conséquence, réduit à la demi-solde. Une ordonnance royale le replaçait, pour comble de disgrâce, dans son ancien corps de l'artillerie de marine, et son traitement ne devait plus lui être désormais payé qu'à Toulon. « Au nom du ciel, ne m'envoyez pas à Toulon, » dit tout bas M. Viennet à quelques amis qu'il avait gardés dans les bureaux du ministère de la marine. « Si je pars, ma carrière littéraire est brisée et *Clovis* est perdu; oubliez-moi, ne me payez point ma demi-solde, afin que je puisse au moins demeurer à Paris. » Et, non sans peine, il obtint cette faveur singulière.

Vivre dans la capitale sans ressources d'aucune sorte, sans rien changer à ses relations de société, en préservant de toute atteinte la dignité de sa vie, l'épreuve était difficile. M. Viennet s'en tira à force de volonté énergique et de simplicité méritoire. Toujours secourables, les lettres lui vinrent encore en aide, non plus seulement pour le distraire, mais aussi pour lui procurer d'honorables et modestes moyens d'existence. Il se mit à écrire dans les journaux; il ouvrit des conférences littéraires à l'Athénée. Les épîtres qu'à cette époque il adressa à l'empereur Alexandre, pour protester contre l'occupation du territoire français, et au roi Louis XVIII, pour le féliciter de l'ordonnance du 5 septembre, ne tardèrent pas à créer à M. Viennet une réputation de bon aloi dans les rangs du parti libéral. Comme il arrive trop souvent, ce fut, d'ailleurs, ses adversaires politiques qui, en le persécutant assez puérilement, se chargèrent de lui donner la popularité.

M. Viennet avait l'habitude d'écrire régulièrement à ses amis du département de l'Hérault. Or, à Béziers, quelques sombres esprits qui rêvaient volontiers de complots anarchiques avaient imaginé de dénoncer cette inoffensive correspondance comme servant de noyau à la plus noire conspiration. Un beau jour, ou plutôt une belle nuit, M. Viennet vit donc fondre chez lui, précédés par le maire du petit village d'Issy qu'il habitait alors, une escouade de gendarmes chargés de fouiller toute sa maison et d'inspecter tous ses papiers. Permettez, Messieurs, que, pour votre plus grand agrément, je cède ici la parole à M. Viennet. C'est lui-même qui vous racontera, en vers, bien entendu, sa plaisante aventure et la harangue qu'à demi réveillé il s'empressa d'adresser à ses visiteurs inattendus :

« Pour moi, si mon esprit a jamais conspiré,
C'est contre le public et bien contre mon gré,
Car le diable est en moi ; quand sa verve s'allume,
Mon seul tort, j'en conviens, est de tenir la plume ;
Et ces cartons qu'ici vous allez inspecter
Sont encombrés de vers qu'il m'a voulu dicter. »
A ces mots, déroulant mes œuvres poétiques,
J'expose à leurs regards deux poëmes épiques,
Vingt plans de tragédie, et quinze actes complets,
Épîtres, opéras, dithyrambes, couplets,
D'innombrables fragments, caprices de ma veine,
Enfin tous les trésors d'un enfant d'Hippocrène,
Et neuf ou dix écus restant du mois dernier,
Qui roulaient au hasard sur un tas de papier.
A ce terrible aspect, le maire et son escorte
Reculent d'épouvante et regagnent la porte.
Je m'oppose à leur fuite, et veux, bon gré mal gré,
Que ce fatras de vers soit par eux déchiffré.
« Votre devoir, Messieurs, vous oblige à les lire.
C'est une occasion qu'un poëte désire ;
Je l'ai fort rarement, je la tiens aux cheveux,
Il me faut des lecteurs et j'en prends où je peux. »

En somme, l'accusation n'était pas fort sérieuse, M. Viennet n'était pas trop fâché, le préfet de police, M. Anglès, n'était pas un fonctionnaire bien vindicatif, et M. Decazes était assurément un ministre très-libéral.

On fit donc quelques excuses au poëte si injustement troublé dans son sommeil, et tout finit par les jolis vers que je viens de vous lire, pleins, si je ne me trompe, d'une saveur véritablement gauloise.

Depuis ce jour, votre ancien confrère ne laissa plus désormais échapper une seule occasion d'offrir au public des morceaux de poésie épique ou familière. Qui ne se souvient de son épître aux mules de don Miguel et de son poëme sur *la prise de Parga* qu'il eut la satisfaction de voir traduire dans la langue même de Pindare ? Mais les affaires de son pays avaient principalement le don d'inspirer sa muse. Sous le ministère de M. de Villèle, son opposition prit une allure beaucoup plus vive. Cependant il s'interdit toujours avec soin d'attaquer la dynastie. « Si l'on a conspiré sous la Restauration, » disait-il plus tard assez fièrement, « je n'en ai jamais rien su et l'on m'a fait l'honneur de ne m'en point parler. » Mis à la retraite pour avoir, dans son épître aux chiffonniers, attaqué le projet de loi de 1827 sur la presse, M. Viennet n'en témoigna pas grande surprise. « C'est fort bien, » dit-il au ministre de la guerre, M. de Clermont-Tonnerre ; « vous êtes dans votre droit ; mais sachez que dans un an je vous demanderai compte de cette destitution du haut de la tribune ! » L'année suivante, en effet, M. Viennet était nommé deputé de l'Hérault.

Vous n'attendez pas de moi, Messieurs, que je suive M. Viennet à la Chambre des députés, où sa place se trouvait naturellement marquée au centre gauche. Aussi bien, s'il attaqua souvent le ministère de M. de Polignac, ce fut moins par ses discours que par ses vers. Son épître à Charles X devança de quelques jours seulement l'adresse des 221. Il n'avait pas d'ailleurs souhaité la révolution de Juillet. Elle lui inspira d'abord plus de craintes que d'espérances. La liberté ne lui paraissait plus en péril. Ce fut l'ordre qui lui sembla compromis, et avec lui la forme monarchique qui en était, à ses yeux, la plus heureuse personnification. Devenu conservateur, M. Viennet garda en toute occasion ses façons d'agir vives et primesautières. S'il soutenait les ministres, c'était sans prendre leur mot d'ordre ; et plus d'une fois il lui arriva de les effrayer par les services qu'il entendait leur rendre. « Il fallait que mon caractère fît des siennes, » a-t-il écrit quelque part, « et que je rompisse en visière à la République menaçante. Je voyais là l'erreur, le désordre, la licence, et je partis de la main. Qu'en advint-il ? Ce qu'il advient à tout homme qui se met en avant. Je fus roué de coups, et ceux pour qui je les avais reçus me dirent : C'est bien fait, de quoi te mêlais-tu (1) ? »

N'en déplaise à M. Viennet, la bataille en elle-même ne lui répugnait point. En politique comme en littérature, son goût le portait à rompre des lances. Si, dans les conflits où le jetait cette ardeur guerroyante, il a parfois eu le malheur de s'attirer quelques blessures, il ne s'est point refusé le plaisir de les rendre largement à ses adversaires de tous les temps, je veux dire les républicains et les romantiques. Les romantiques, quel mot

(1) M. Viennet. Préface de ses Œuvres complètes. — Édition de 1865.

m'est échappé ! Jamais, il vous en souvient, M. Viennet ne l'a prononcé sans colère dans cette enceinte toute retentissante encore du bruyant éclat de ses imprécations. Un peu de mémoire et quelque imagination sont toutefois nécessaires pour se représenter aujourd'hui les enthousiasmes étranges et les fureurs non moins extraordinaires des deux écoles qui agitaient, il y a maintenant quarante ans, le monde de la littérature. C'était le temps où de fougueux novateurs auraient rougi d'admirer les divins chefs-d'œuvre de notre théâtre national, tandis qu'avec une semblable injustice leurs contradicteurs obstinés se croyaient par honneur engagés à traiter de folies les hardiesses introduites sur la scène par les poëtes dramatiques de l'Angleterre et de l'Allemagne. Comment M. Viennet n'aurait-il pas tenu pour les pures traditions classiques, et contre les doctrines envahissantes des modernes barbares? Toutes ses plus chères habitudes allaient être dérangées; l'affaire était sienne, et votre ancien confrère combattit en faveur de l'Olympe et de ses habitants menacés, comme on combat pour ses dieux et pour ses propres foyers. Mais il ne suffisait pas de se défendre, il fallait attaquer à son tour. Le plus fort de la bataille se livrait alors sur la scène du Théâtre-Français : M. Viennet brûlait de s'y produire par quelque action d'éclat. Afin de balancer le succès de *Marion Delorme* et d'*Hernani*, il offrit successivement aux comédiens ordinaires du roi *Alexandre, Achille, Sigismond de Bourgogne, Placidie* et les *Péruviens*. Est-il besoin de constater que, dans ces pièces irréprochables, la règle des trois unités était scrupuleusement observée? Ce n'est pas M. Viennet qui aurait fait la plus petite concession au goût dominant et aux modes régnantes. Il ne se gênait point pour blâmer tout haut son ami M. Soumet d'avoir, par faiblesse, introduit dans le drame biblique de *Saül* des hardiesses de composition et de style qu'il tenait pour grandement suspectes. S'il faut tout dire, nous doutons même qu'en son âme et conscience il ait sincèrement pardonné à l'aimable auteur de *Marie Stuart* et du *Cid d'Andalousie*, d'avoir habilement marié, avec autant de succès que de goût, les agréments des deux genres. Pour son compte, il ne transigerait jamais. En vain les triomphateurs du jour le sommaient-ils de mettre bas les armes. Accablé sous le nombre, mais fidèle à son drapeau, M. Viennet était également résolu à ne pas mourir et à ne point se rendre. Pour toute réponse il composa *Arbogaste*.

Lorsqu'*Arbogaste* fut joué sur la scène française, vers la fin de l'année 1841, M. Viennet avait quitté les bancs de la chambre des députés. Il faisait depuis deux ans partie de la chambre des pairs. Les hommes d'opinions avancées lui en voulaient encore beaucoup de sa récente élévation. Dans le camp littéraire, les frénétiques champions de l'école nouvelle n'avaient point, tant s'en faut, oublié les nombreuses épigrammes qu'il avait décochées contre les poëtes de leur choix. Pour triompher de tous ses adversaires réunis, M. Viennet ne pouvait compter qu'à demi sur le concours de ses alliés naturels, les sociétaires du Théâtre-Français, car il était justement en procès avec eux. C'était de guerre lasse et par suite d'une sentence judiciaire qu'ils allaient représenter *Arbogaste*.

Au jour décisif, quelques heures avant le lever du rideau, une lettre anonyme invitait M. Viennet à retirer sa pièce ; et de complaisants donneurs d'avis lui annonçaient en même temps qu'une affreuse cabale était montée contre *Arbogaste*. Intrépide comme son héros, l'auteur préféra courir les chances du combat, et comme son héros il en sortit vaincu. « J'étais fou de douleur, » s'est écrié M. Viennet dans la spirituelle préface qu'il a, vingt ans plus tard, mise en tête de sa tragédie tombée... « Je n'osais me montrer. J'envoyai ma démission de président de la commission dramatique. Mes amis prétendent que je voulais me démettre aussi de la pairie et de l'Académie. Je ne m'en souviens plus, mais c'est possible (1). »

« Renoncer à la pairie et, qui mieux est, à l'Institut pour accompagner dans sa retraite forcée l'ombre d'*Arbogaste*, ce serait trop dommage, » lui représenta, dès cette époque, un fin critique qui siége maintenant au milieu de vous. Tout blessé qu'il était de sa chute, M. Viennet, déférant à ce sage conseil, ne donna pas d'autre suite à sa boutade. Il se tint seulement pour quelque temps à l'écart de l'arène littéraire. Peu d'années après, c'était la Révolution de 1848 qui se chargeait de mettre brusquement fin à la carrière politique de mon prédécesseur. Pour lui fut-ce un malheur ? En vérité, je ne saurais le dire. Sur cette terre généreuse de France, il n'y a telle chose pour retrouver la faveur du public que d'encourir les disgrâces de la fortune. L'heure

(1) Préface d'*Arbogaste*. Édition de 1859.

était arrivée où les républicains, devenus maîtres de nos destinées, allaient avoir à subir à leur tour les railleries de celui qu'autrefois ils avaient si peu épargné. La revanche de M. Viennet était légitime, elle ne fut point cruelle. Les armes qu'il employa contre les vainqueurs de février étaient acérées, mais légères. Coup sur coup il publia, en 1849, deux épîtres qu'il aurait pu tout aussi bien appeler des satires, et qu'il adressa l'une *à tout le monde*, l'autre *aux mânes de Boissy d'Anglas*. Bientôt suivit un recueil de fables nouvelles. Par le choix des sujets, par la vivacité du ton, par la moralité des récits, ces fables de M. Viennet tenaient aussi beaucoup de la satire. A les appeler de leur vrai nom, c'étaient des apologues épigrammatiques, dont les malices un peu cherchées étaient loin de rappeler la bonhomie de la Fontaine. Bonhomme, M. Viennet l'était, sans doute, dans la vie intime; comme auteur, il n'aspirait pas du tout à mériter cet éloge. On l'avait abreuvé de moqueries ; eh bien, il prendrait sa revanche, et l'on verrait de quel côté se rangeraient les rieurs.

Vous avez assisté, Messieurs, à ces défis jetés par M. Viennet à d'anciens adversaires. Pour vous quel agrément, pour l'auditoire qui remplissait cette enceinte quelle fête, lorsque, de la place même que j'occupe en ce moment, et sur la fin d'une séance des cinq Académies, se dressait l'alerte vieillard ! quel redoublement d'attention, lorsque, tirant de sa poche, avec un air narquois, un tout petit morceau de papier, M. Viennet se mettait à vous réciter, de sa voix vibrante et d'un geste rapide, quelques-unes de ces pièces de vers dont il se plaisait à vous offrir la primeur ! Vos applaudissements précédaient de bien peu ceux de la salle entière. Il les recevait avec une joie visible, et c'est ainsi qu'en retour du plaisir qu'il vous causait à vous-mêmes, vous lui avez procuré, Messieurs, ses dernières et ses plus vives jouissances. Parmi tant de journées de triomphe, s'il en est une qui vous l'ait montré plus vert d'allures que jamais, plus radieux de visage, et comme environné de l'auréole d'un éternel printemps, ce fut celle où, plein de bonne grâce et d'enjouement, il vint ici vous lire l'épître à ses quatre-vingts ans. Vous savez si le succès fut complet ; mais la bienveillance n'en fit pas seule les frais. L'équité avait sa part dans les hommages flatteurs, quoique à son gré un peu tardifs, alors rendus, non pas seulement au poëte aimable, mais aussi et surtout au parfait galant homme.

A partir de cet instant, grâce au bénéfice de ses quatre-vingts années si allègrement portées et si gracieusement célébrées, M. Viennet a senti tomber doucement autour de lui le fracas des vaines querelles d'autrefois. Votre ancien confrère a été plus touché qu'il ne l'a peut-être laissé voir de cette disposition nouvelle du public à son égard. Il a même tenu à lui en témoigner sa reconnaissance, et voici comment : un jour (c'est lui-même qui nous le raconte), il était en train de relire les sept ou huit pièces jadis données au théâtre, un nombre égal de tragédies, dont il s'était gardé le secret, trois comédies inédites, une histoire de la papauté, et j'allais omettre les vingt-six chants de son poëme héroï-comique de Philippe-Auguste, lorsque tout à coup une idée le frappa :

« La grande nation française réclamait encore son *Énéide.* » Ce serait à lui qu'elle la devrait, et le moyen était enfin trouvé de s'acquitter envers ses contemporains ! Par bonheur, M. Viennet avait déjà écrit les quatre premiers chants du poëme de *Francus*, qu'il avait, s'il vous en souvient, destiné à remporter sous l'Empire l'un des grands prix décennaux. Si fidèle qu'elle fût, sa mémoire n'avait pas retenu les vers qui lui avaient servi à célébrer, en 1812, les exploits du vaillant fils d'Hector et de la belle Andromaque, si heureusement échappé des rivages troyens pour venir fonder en Gaule la nationalité française et humilier dans son île la perfide Albion. M. Viennet court chercher le vieux manuscrit, relégué depuis quarante ans au fond de ses tiroirs, et, sans perdre de temps, il se met à se débiter à lui-même, à haute voix, l'œuvre oubliée de sa jeunesse. Plus il avance, plus son plaisir va croissant ; il monte bientôt jusqu'à l'enthousiasme, et la lecture ne s'achève pas sans que l'auteur ne se jure à lui-même de reprendre sa bonne plume et de ne plus la déposer qu'il n'ait mené jusqu'au bout la grande épopée nationale que son pays attend de lui. « Les six derniers chants ont coulé de source. J'ai oublié mon âge, et le 3 février de cette année 1863, » ajoute l'auteur de la *Franciade*, « j'en ai écrit le dernier vers avec une joie d'enfant (1). »

La joie de M. Viennet dut redoubler, lorsque, à son grand étonnement, il vit ce poëme, de tout point conforme aux plus saines traditions classiques, gracieuse-

(1) Préface de *Francus,* édition de 1863.

ment introduit auprès des lecteurs de notre temps par un brillant critique qui jusqu'alors avait de préférence patronné une littérature bien différente. On eût dit que la presse entière s'était donné le mot pour faire, cette fois, bon accueil à la dernière œuvre d'un poëte qu'elle avait naguère poursuivi de ses implacables railleries. Quel romantique endurci se serait, en effet, senti le courage de troubler dans ses pieuses dévotions le respectable vieillard dignement occupé à parer encore, sur la fin de ses jours, les autels des dieux qui avaient jadis reçu ses premiers vœux? Ainsi tout souriait à M. Viennet. Au lieu des soucis que, d'ordinaire, l'âge apporte avec lui, votre ancien confrère a recueilli, sur le tard, une sorte de regain de popularité, dont il a joui avec délices. Ce fut alors qu'encouragé par le succès, et tout près de sa quatre-vingt-dixième année, il se mit à préparer avec ardeur une édition complète de ses œuvres. Le travail était considérable; mais rien ne lui coûtait quand il s'agissait d'amasser pour la postérité les matériaux de sa gloire. Il n'était pas, d'ailleurs, dans les habitudes de M. Viennet de remanier beaucoup ses vers; il trouvait plus agréable et plus facile d'en composer de nouveaux ; et la mort le surprit, comme il l'avait prédit et souhaité lui-même, entre deux hémistiches.

A la considérer dans son ensemble, cette vie, que j'ai essayé de vous raconter, ne fut point, tant s'en faut, une vie malheureuse. Né à la veille des plus formidables catastrophes, M. Viennet a été incessamment mêlé, par nécessité, je le veux, mais aussi par goût, à toutes les agitations politiques de son siècle. Il n'a jamais hésité à prendre un peu plus peut-être que sa part dans les controverses littéraires de son temps. Les préfaces qu'il a mises en tête de ses œuvres sont remplies des plaintes qu'il n'a cessé d'exhaler contre la dureté du sort et contre l'injustice de ses contemporains. Mais admirez le bonheur ! De tous ses adversaires, par lui maintes fois provoqués, dont il a publiquement parlé, tantôt avec colère, tantôt avec tristesse, le plus souvent avec moquerie, mais toujours, ne l'oublions pas, avec une naturelle bonne grâce, il a été donné à M. Viennet de n'en plus rencontrer un seul devant lui aux jours de sa vieillesse ; et ce grand batailleur est mort, non-seulement entouré de l'estime publique, mais en pleine possession de la faveur universelle.

Quoi de plus naturel d'ailleurs, et comment ses anciens adversaires de tous les camps lui auraient-ils refusé leur sympathie ? En littérature, qu'est devenue la belliqueuse ardeur dépensée, il y a quarante ans, dans des luttes aussi ardentes qu'opiniâtres ? Où sont aujourd'hui les deux armées qui, naguère rangées en bataille, se défiaient de la parole et du geste ? Elles n'ont pas seulement déposé leurs armes, elles ont confondu leurs rangs ; on pourrait presque dire qu'elles ont échangé leurs drapeaux. Devenue froide à son tour, la foule des spectateurs a cessé de regarder beaucoup à la couleur des bannières arborées dans l'arène par les jouteurs qui se disputent la gloire de ses applaudissements. Elle ne leur demande plus qu'une chose, de savoir l'intéresser et lui plaire. Qu'ils y parviennent par l'observation des règles anciennes ou par l'emploi des procédés nouveaux, cela lui importe assez peu. Il m'en coûterait de penser, avec de chagrins esprits, que notre race un peu changeante a définitivement perdu l'amour du beau. Peut-être faudrait-il seulement convenir que, sortie des anciennes voies, elle est présentement en quête d'aventures, et va cherchant un peu partout cet idéal que chaque génération poursuit à sa manière sans jamais l'atteindre complétement. Après nous être épris de quelques nouveautés dont l'éclat nous avait d'abord séduits, nous nous en sommes tout aussi promptement dégoûtés. Aux frivoles enthousiasmes, aux dénigrements de parti pris, a succédé l'habitude de mettre en littérature les questions de genre à leur véritable place, c'est-à-dire au second rang. Il était naturel que M. Viennet profitât de cette sage impartialité.

Le mouvement, d'origine à peu près semblable, qui s'opère dans les régions politiques, ne sera pas, si je ne m'abuse, moins favorable à la mémoire de votre ancien confrère. En politique aussi, la France s'est remise en quête de l'idéal, et son idéal, c'est encore, ce sera toujours la liberté ! Trop souvent nous nous sommes attachés, pour la poursuivre, aux apparences plus qu'aux réalités. Trop souvent nous avons eu le tort de nous enflammer pour des questions de forme alors que le fond seul importait. L'heure semble pourtant arrivée où nos fréquents déboires vont nous servir enfin à quelque chose. Instruits par une laborieuse expérience, nous avons appris à nos dépens que les mœurs valent plus pour un peuple que ses institutions, et qu'une nation redevient la véritable maîtresse de son sort quand elle a pris la ferme résolution de gérer elle-même ses propres affaires. Pour les honnêtes gens de tous les partis, naguère divisés par de tristes malentendus, quelle douceur de se sentir, sans sacrifice d'aucune sorte, réunis aujourd'hui dans une commune et patriotique pensée! Cette joie, M. Viennet l'a connue. Il a entendu, de son vivant, ses vieux adversaires politiques rendre à son noble caractère la même justice que d'anciens dissidents littéraires avaient déjà rendue à son aimable esprit; et ce fut justice, Messieurs, car personne plus que votre ancien confrère n'a religieusement gardé, pendant le cours d'une bien longue carrière, le culte de son pays, des belles-lettres et de la liberté.

DISCOURS

DE

M. SAINT-MARC-GIRARDIN

DISCOURS

DE

M. SAINT-MARC-GIRARDIN

DIRECTEUR DE L'ACADÉMIE

EN RÉPONSE

AU DISCOURS PRONONCÉ PAR M. D'HAUSSONVILLE

POUR SA RÉCEPTION

À L'ACADÉMIE FRANÇAISE

LE 31 MARS 1870

PARIS

LIBRAIRIE ACADÉMIQUE

DIDIER ET CIE, LIBRAIRES-ÉDITEURS

35, QUAI DES AUGUSTINS

—

1870

DISCOURS

DE

M. SAINT-MARC-GIRARDIN

Oui, Monsieur, votre excellent prédécesseur a eu raison de vivre longtemps et d'attendre que sa renommée, obscurcie un instant dans l'agitation des luttes littéraires, reparût par l'effet de ses propres mérites et justifiât la confiance qu'il n'avait jamais perdue lui-même.

O mes quatre-vingts ans...

disait-il dans cette charmante épître que vous avez si bien louée,

O mes quatre-vingts ans, je vous avais prévus;
Mais je ne vous dis pas : Soyez les bienvenus !

Et pourquoi ne l'aurait-il pas dit? quelles années pouvaient être mieux venues à notre cher et respecté confrère que celles qui lui apportaient tantôt l'aveu d'un critique repentant qui louait la piquante vivacité des épîtres de M. Viennet, tantôt le regret d'un adversaire politique qui rendait hommage à la fermeté de ses convictions et à la noblesse de son caractère? Quel plaisir d'assister aux résipiscences de son temps, soit en littérature, soit en politique, surtout quand elles se font en notre faveur! Quelle satisfaction de bon aloi d'avoir donné à ses critiques et à ses adversaires le temps de désavouer leurs erreurs et de réparer leurs torts! M. Viennet les aidait dans cette bonne œuvre par la jeunesse et l'entrain de son esprit, par sa verve abondante et variée, par tant de vers marqués au bon coin, pleins de malice sans méchanceté, dont tous les sentiments avaient l'élévation de l'honnête homme, du bon citoyen, jamais celle du rêveur. M. Viennet ne cherchait point le succès auprès des coteries; il le trouvait toujours auprès du public. Aussi, comme il aimait le public de nos séances de l'Institut! comme il en était aimé! Lorsque l'Institut demandait à l'Académie française de faire une lecture pour notre séance annuelle des cinq Académies, nous interrogions nos poëtes et nous leur demandions des vers; personne n'avait rien à lire; nous allions d'un poëte à l'autre sans rien trouver. Je voyais cependant M. Viennet qui, après s'être excusé comme les autres, attendait à sa place, d'un air malicieux, la défaillance générale; et alors, heureux d'être toujours prêt, sans s'être empressé, il nous disait qu'il essayerait de faire quelque chose; il avait même peut-être commencé une fable ou une épître qu'il tâcherait de finir. Il nous apportait cette fable ou cette épître, et chaque fois il obtenait un de ces succès vifs et charmants dont personne n'avait douté d'avance dans l'Académie : je dis personne, parce que je n'excepte pas l'auteur.

Les succès de M. Viennet ont eu plusieurs phases : ils ont été grands et faciles dans sa jeunesse ; ils ont été contestés pendant la première partie de son âge mûr ; ils ont couronné sans interruption sa longue et féconde vieillesse. Ce qui les explique, ce sont les rapports naturels qui existaient entre M. Viennet et l'esprit français. L'esprit français au XIXe siècle a acquis ou plutôt a montré des qualités d'imagination poétique qu'il avait un peu oublié de cultiver au XVIIIe. Mais ces qualités brillantes et de nouvelle date n'ont pas détruit les qualités propres à la poésie française du XVIIIe siècle : la grâce, la finesse, la moquerie sans emportement, l'élévation dans la clarté, une philosophie douce et tout humaine, le bon goût sans raffinement, le bon sens hors de la banalité, la sagesse du monde sans calcul d'ambition ou de fortune, l'amour de l'humanité libre et égale, voilà les qualités que l'esprit français du XVIIIe siècle avait montrées de préférence. L'imagination française, émue et échauffée par les grands et terribles spectacles de la fin du XVIIIe siècle et du commencement du XIXe, réservait à notre temps une poésie plus ardente, plus élevée, plus méditative, qui était restée cachée jusque-là au fond de notre nature. Personne n'avait senti plus vivement que M. Viennet les contre-coups électriques de la liberté et de la guerre ; mais c'était comme citoyen qu'il les avait ressentis plutôt que comme poëte. Le public, qui n'est pas tenu de faire entre les diverses qualités de la poésie toutes les distinctions de la critique, aimait les qualités du XVIIIe siècle, quoique anciennes, et celles du XIXe, quoique nouvelles. Il donna pendant quelque temps son admiration presque exclusive au génie nouveau, afin de bien l'acclimater; puis il revint, sans croire ni vouloir changer, à son vieil attachement pour les qualités d'autrefois; et, comme il en retrouvait la tradition et l'amour dans M. Viennet, il l'accueillit de nouveau avec une faveur qu'il lui conserva jusqu'à la fin, témoignant par là qu'il était vraiment un public français, c'est-à-dire qu'il n'oubliait pas ce qu'il semblait quitter, qu'il n'abjurait pas ce qu'il ne pratiquait point, et qu'en fait de goûts littéraires comme d'institutions politiques, il avait des retours qu'il fallait savoir attendre et des revendications qu'il était habile de devancer.

M. Viennet n'aimait pas la politique. Combien ne l'avons-nous pas entendu, en prose et en vers, maudire le jour où il était entré dans la carrière politique!

Il fut un jour néfaste,

disait-il,

où de ma solitude
Le vœu de mon pays vint troubler les douceurs
Et m'asseoir sur le banc de nos législateurs.

(*Épître à mes quatre-vingts ans.*)

Heureux temps, Monsieur, et qu'avait vu, ce semble, M. Viennet, où c'étaient les électeurs qui venaient chercher les députés! Il fut donc député ; et c'est alors que commencèrent ses chagrins et ses tribulations : chagrins de bon citoyen qui, voyant de plus près la lutte des passions et des intérêts, se désespère et s'irrite, sans songer qu'en politique il faut souvent prendre son parti des tracas et des inquiétudes de chaque jour, afin d'éviter le mal qui dure, ou se résigner au mal qui dure, afin d'éviter les tracas et les inquiétudes de chaque jour : chagrins aussi de franc-diseur qui n'a jamais su ni taire ni adoucir la vérité. Or, la vérité que nous voyons le mieux, c'est la vérité des défauts de notre prochain. C'est cette vérité-là que M. Viennet, au milieu de ses prochains députés et ministres, poëtes et critiques, se sentait poussé à dire par je ne sais quelle sincérité instinctive. Voulant prendre leur revanche, les blessés de M. Viennet virent bientôt de quel côté il le fallait frapper.

A me calomnier leur ligue toujours prête
Des torts du député punissait le poëte.

(*Épître à Mme de Montaran.*)

Oui, voilà le grief que M. Viennet ne pardonnait pas à la politique. Elle lui avait fait perdre quelques-uns des succès qu'il aimait le mieux, quoiqu'il les aimât tous, les succès du théâtre.

Je me suis souvent demandé pourquoi, ayant cette passion pour la poésie tragique, M. Viennet n'a pas réussi aussi bien dans la tragédie que dans la comédie et surtout dans la satire, dans l'épître et dans la fable. Ce qui fait l'originalité et le charme du talent de M. Viennet, c'est que partout l'homme se montre dans le poëte, l'homme avec ses rares qualités d'âme, de cœur et d'esprit. Malheureusement, dans ses tragédies, il aime ses héros plus que lui-même ; il a tort. Qu'il nous permette de l'aimer plus que ses héros ! Ses héros tragiques, je les connais presque tous avant qu'il me les montre. Ce que je cherche dans ses tragédies et ce que je ne trouve pas assez, c'est lui-même, c'est sa verve entraînante, c'est l'ardeur naturelle de ses sentiments, c'est la vérité de ses émotions. On lui reprochait de ne pas aimer la nouveauté ; il était lui-même, par son caractère et par son esprit, une des plus sincères originalités de notre littérature; seulement il semblait l'ignorer, et ses adversaires se plaisaient à l'ignorer d'après lui. C'est le public qui, par ses applaudissements renouvelés pendant plus de trente ans, lui a appris et a appris à ses adversaires ce qu'il y avait dans ses vers de nouveauté vive et piquante, d'inspiration franche et naturelle, qui ne devait rien aux conventions des écoles ou des coteries. Laissez donc de côté, lui dirais-je volontiers, mon cher et vénéré confrère, laissez vos Sicambres et vos Mérovingiens, vos Achille et vos Alexandre ; ils vous cachent à nos yeux, et c'est vous surtout que nous cherchons.

J'ai dit, Monsieur, combien M. Viennet maudissait la politique ; mais entendons-nous : il était sur ce point comme nous sommes tous. La politique qu'il maudissait, c'était celle de ses adversaires : c'est celle-là qu'il poursuivait de ses sarcasmes dans ses épîtres, dans ses satires, dans ses fables surtout ; car cet homme qui détestait la politique l'a mise partout dans ses fables, c'est-à-dire dans le genre de poésie qui le comporte le moins. La politique, en effet, a pour théâtre le monde des affaires et des intérêts, ou le monde des principes et des idées. Qu'est-ce qu'elle peut avoir à faire dans la fable, qui a pour théâtre le monde des animaux? Heureusement que la Fontaine nous a appris que ce sont les hommes et non les animaux qu'il faut chercher dans la fable, les hommes avec leurs vices et leurs travers. Fort médiocre naturaliste, mais très-clairvoyant moraliste, la Fontaine a fait de ses fables, comme il le dit lui-même :

> Une ample comédie à cent actes divers,

mais une comédie humaine. M. Viennet a suivi l'exemple du maître. Les héros de ses fables sont aussi des hommes, et des hommes de notre temps, de notre monde, pris par M. Viennet à côté de lui, sur les bancs de la chambre des députés ou de la chambre des pairs, que sais-je ? sur les bancs de l'Académie, de telle sorte qu'en relisant récemment le recueil complet de ses fables et rencontrant tant de portraits de connaissance, je me disais de temps en temps avec inquiétude : « Le mien va venir. » Heureusement que ç'a toujours été celui du voisin.

Autre témoignage de l'étroit accord de la personne de M. Viennet avec ses ouvrages. Il racontait beaucoup et fort bien. Que de piquantes anecdotes, que de charmants récits ma mémoire me rappelle au moment où je parle de lui ! Dans la conversation, il avait à un haut degré le talent du conteur, si fort prisé au XVIIIe siècle. Seulement dans tous ses contes il avait son rôle et il ne prenait pas le plus mauvais. Tout ce qu'il voyait, tout ce qu'il sentait, tout ce qui l'irritait ou l'affligeait ; nos travers, nos ridicules, notre instabilité de sentiments et d'idées, nos enthousiasmes qui ne créent rien et nos oublis qui, non plus, n'abolissent rien, tout cela qui était le monde de M. Viennet et le nôtre, était pour lui dans la conversation le sujet de contes amusants et caustiques, et dans ses ouvrages le sujet de fables ou de satires ; le récit et la satire, la prose et les vers se confirmant l'un l'autre. Grandeurs d'hier qui vous plaignez de n'être plus rien aujourd'hui, que de récits à votre occasion dans les entretiens de ce spectateur malicieux de quinze révolutions, et comme tous ces récits sont résumés d'une manière charmante dans la fable des *Deux Almanachs*, celui de l'année présente, toujours consulté, et celui de l'année dernière, désormais négligé !

Ainsi tout change et passe en ce monde fragile ;
N'être plus de son temps, c'est comme n'être plus.
. . . .
Résignez-vous à ces tristes pensées,
Gens d'autrefois, puissances renversées,
Vieux serviteurs, anciens soldats,
Amants trahis, beautés passées,
Vous êtes de vieux almanachs !

Et ne croyez pas qu'il exceptât personne de ses gronderies. Il aimait beaucoup le roi Louis-Philippe. Il y a cependant deux ou trois fables, avant 1848, dans lesquelles le roi Louis-Philippe a pu, s'il y a mis de la bonne volonté, se reconnaître lui-même. Voici, au surplus, à ce propos, une anecdote que M. Viennet m'avait contée et qui prouve que tout était pour lui une occasion de poésie.

En 1837, au mois d'août, quelques temps avant une réélection générale de la Chambre des députés, M. Viennet était allé à Neuilly rendre ses devoirs au roi. « —Vous partez pour Béziers ? lui dit le roi. — Oui, sire. — Serez-vous réélu ? — J'ai répondu que non ; sa gracieuse Majesté (c'est le mot dont M. Viennet se servait dans son récit) a pris cela comme la chose la plus simple du monde... J'ai commencé à voir que mes allures de grondeur universel m'avaient, pour ainsi dire, brouillé avec tout le monde politique, et que les ministres passés, présents et futurs ne seraient pas fâchés d'être débarrassés de moi. »

Vous attendez peut-être, Monsieur, quelques mots de reproche ou de dépit? Il y en a un en effet, et c'est là que M. Viennet éclate tout entier. Voici le mot : « Ce sera le sujet d'une épître que j'adresserai à mon ami M. Bouilly ; » et c'est en effet à propos de cette épître à M. Bouilly dont je lui faisais compliment que M. Viennet me raconta sa conversation avec le roi.

Heureux homme qui, pour tempérer les boutades de son esprit, avait une belle âme et un bon cœur ! Il pouvait oublier la majesté du roi régnant; il n'a jamais oublié celle du roi exilé.

Heureux homme encore par un autre côté, et digne aussi par là de nous servir d'exemple ! Il n'y avait pas d'échec de fortune ou de vanité dont le travail ne le consolât. Le roi prenait-il trop aisément son parti de la non-réélection de M. Viennet, il faisait son épître à M. Bouilly. Avait-il quelque querelle de tribune ou de théâtre, c'était le travail encore qui venait calmer ses ressentiments. « L'isolement de mon cabinet, voilà, dit-il quelque part, ma panacée universelle. C'est là, sous le feu d'une presse qui voulait me noyer dans le fiel, c'est là qu'après *Arbogaste*, je composai sept nouvelles pièces de théâtre, des épîtres, des fables, et tout cela sans l'espérance d'un succès, d'une publication possible, en présence d'une réprobation anticipée, d'un dénigrement opiniâtre (1). »

Il y a plaisir et honneur, Monsieur, à retracer avec vous l'image d'une si noble vie, d'une si simple et si généreuse honnêteté. M. Viennet n'a été exempté d'aucun des tracas de notre monde disputeur, et il ne s'est pas non plus refusé l'usage de ses défauts. Il n'a eu pour soutenir la lutte aucune des forces que donne le pouvoir ou la fortune. Il n'a eu que deux appuis qu'il a trouvés en lui-même, et que nous pouvons tous, grâce à Dieu, trouver en nous-mêmes, que nous soyons grands ou petits, puissants ou faibles, célèbres ou obscurs; deux appuis que j'ai hâte d'appeler de leurs noms les plus simples, la bonne conscience et l'amour du travail. Avec cela on vit heureux, quoique parfois tracassé par le sort; on meurt honoré et chéri par ses anciens adversaires qui s'étonnent et qui regrettent de l'avoir été; on a droit enfin de dire en beaux vers, aux applaudissements du public :

(1) *Dictionnaire de la conversation.*

Qu'on ne m'accuse point de brigues, de cabales,
De ces chutes de rois à mon pays fatales !
Non, je n'ai rien détruit et n'ai rien exploité ;
Mon nom dans un complot ne fut jamais compté ;
On chercherait en vain dans ma longue existence
Un acte que n'ait point dicté ma conscience,
Et dans les trois métiers que m'imposa le sort (1)
J'ai connu les regrets, mais jamais le remords (2) !

Monsieur, un grand deuil qui n'a pas été seulement le deuil de votre famille, mais un vrai deuil public, vous a empêché de venir prendre place parmi nous aussi tôt que vous le vouliez. Ce deuil n'a été ressenti nulle part plus vivement que dans l'Académie ; nulle part la mort inattendue, sinon prématurée, de M. le duc de Broglie n'a excité de plus grands et de plus sincères regrets. Il y avait, selon l'âge et la carrière différente de chacun de nous, des degrés différents dans les sentiments que nous avions pour lui ; il n'y avait pas de différence dans l'attachement et dans le respect qu'il nous inspirait. Il était pour nous la plus belle personnification morale des institutions libérales que nous avons aimées, le vivant idéal du citoyen, du ministre et de l'orateur dans un gouvernement libre, tout cela vérifié par trente années de gloire parlementaire et couronné par vingt années de retraite paisible et fière. Cette retraite a eu une dernière joie. M. le duc de Broglie a vu se lever le jour qu'il attendait, et il a emporté avec lui une espérance dont j'ai retrouvé la touchante expres-

(1) Soldat, poëte, député.
(2) *Épître à mes quatre-vingts ans.*

sion dans les généreuses pensées qui terminent votre discours.

Je ne veux parler, Monsieur, que de vos ouvrages qui ont depuis vingt ans attiré sur vous l'attention et l'espoir de l'Académie. Je ne dirai rien de votre vie commencée dans la carrière diplomatique, continuée dans les chambres et qui devait être une vie toute politique. Les révolutions ne l'ont pas voulu. Qu'avez-vous fait alors après le premier moment de stupeur, comme vous le disiez tout à l'heure, et de stupeur sans engourdissement, je dois le dire? A ceux qui vous le demandaient alors, vous avez répondu comme beaucoup de nos amis : « Nous attendons. » Cette attente n'était point un défi; c'était un rendez-vous de conciliation et qui a réussi, ce qui nous dispense d'épiloguer sur le temps qu'on a mis à s'y rendre. Si les uns ont été plus tardifs que les autres, c'est que sans doute ils avaient plus de chemin à faire.

Ce temps d'attente dont vous n'aviez certes pas retranché l'espérance, vous l'avez rempli par l'étude et le travail. Vous aviez publié en 1850 une *Histoire de la politique extérieure du gouvernement français de* 1830 *à* 1848. Tout le monde y avait déjà remarqué les heureuses qualités de votre talent pour écrire l'histoire ; la narration claire, facile, élégante qui vous est propre, le soin que vous avez d'avoir tout lu, afin de tout savoir, avec l'art de ne dire que ce qu'il faut pour mettre en lumière la vérité et la justice.

Avant de relire votre ouvrage, je croyais que, pour éviter la monotonie d'être toujours de votre avis, je pourrais reprocher à votre livre de manquer d'unité, de passer à chaque chapitre d'une question et d'un pays à un autre ; je comptais même, pour excuser ma critique, m'en prendre à votre sujet et à son inévitable diversité. Je me trompais. C'est dans le sujet même de votre livre que s'est rencontrée l'unité que vous ne cherchiez pas. Partout, quelle que soit la diversité des questions et des événements, les négociations que vous racontez marchent au même but. Ce but est le maintien de la paix libérale, sans abaissement dans le présent, sans danger dans l'avenir. Cette paix libérale est de nos jours le but de tous les peuples européens, à mesure que leurs institutions deviennent plus libres ; ils respectent plus scrupuleusement leur indépendance réciproque, à mesure qu'ils pratiquent mieux leur liberté intérieure ; j'aurais donc mauvaise grâce, malgré la bonne envie que j'ai de vous contredire un peu, j'aurais mauvaise grâce, avouons-le, à reprocher à votre livre de manquer d'unité, quand ce livre est par la force même des choses l'exposé d'un système persévérant, et que ce système, c'est-à-dire la paix garantie par la liberté, devient chaque jour davantage le but commun de la civilisation européenne.

L'histoire de la réunion de la Lorraine à la France était un grand sujet historique, divers aussi dans ses parties, mais ayant aussi cette unité intérieure que vous savez si bien discerner et si bien montrer. Ce sujet avait pour vous toute sorte d'attraits. La première condition pour bien écrire l'histoire, c'est que l'histoire et l'historien se conviennent et qu'ils s'aiment, pour ainsi dire, l'un l'autre. Vous en étiez là avec la Lorraine. Lorrain et d'ancienne famille lorraine, vous aviez naturellement la tradition du vieux patriotisme lorrain, et vous n'étiez pas homme à blâmer l'héroïque attachement que vos pères avaient pour leur indépendance; braves gens qui ne savaient pas que les lois de la philosophie de l'histoire avaient décidé de toute éternité que Nancy devait être le chef-lieu d'un département français. Vous ne croyez pas, Monsieur, à ces prétendus arrêts de la providence qui se prononcent sur les champs de bataille. Ce ne sont pour vous que des événements fort humains et fort terrestres que les contemporains ont le droit de combattre et que l'histoire a le droit de juger, en repoussant loin d'elle, comme un outrage, l'ignoble devoir d'être toujours du parti des vainqueurs. Non, les Lorrains qui ont lutté courageusement contre Louis XIII et contre Louis XIV n'ont point manqué de respect à la providence, puisque la providence délibérait encore. Vous avez aimé à faire revivre dans vos récits ces généreux dévouements, et vous avez bien fait. Votre livre a pour sujet la glorification de deux grands et bons souvenirs : l'indépendance nationale de la Lorraine dans le passé et son heureuse association avec la France au XVIIIe siècle. Honorer les temps et les sentiments anciens, sans les regretter, et célébrer l'unité patriotique de la France, sans porter atteinte au respect de nos vieilles diversités nationales, voilà, Monsieur, l'inspiration et voilà l'œuvre et l'honneur de votre livre.

Fidèle aux vieux souvenirs de l'histoire de la Lorraine, vous n'avez pas dû oublier le plus aventureux et le plus singulier des héros de cette histoire, le duc Charles IV.

Ç'a été, si j'ose ainsi parler, l'épisode romanesque de votre livre, et vous l'avez raconté avec beaucoup de charme et d'entrain, sans que vous ayez jamais négligé de suivre la marche de l'histoire à travers le roman. Charles IV eut le malheur de comprendre de très-bonne heure qu'il avait en ce monde un rôle impossible ou bien difficile à jouer, celui de prince d'un État qui ne pouvait pas durer. Comme c'était la fortune qui lui avait donné ce mauvais rôle, il prit lestement son parti d'ajouter aux aventures que lui faisait sa destinée toutes celles que lui conseillait son humeur fantasque ; de là le bizarre mélange des traits divers de son caractère, à la fois sceptique et romanesque, sérieux et bouffon, que traversent tour à tour la gaieté et la tristesse. Condottière intrépide, sans foi ni loi, qui, n'ayant plus qu'une armée pour toute principauté, la loue ordinairement à deux partis à la fois, aux Frondeurs et aux Mazarins, et s'arrange pour ne l'engager dans aucun combat : avec cela, très-brave soldat et bon général, qu'aucun péril n'effraye, qu'aucune aventure n'étonne, qu'aucune promesse n'oblige pas plus en politique qu'en amour ; qui s'est marié plusieurs fois et presque en même temps, sans que cela l'ait empêché de trouver dans celles qu'il épousait une fidélité qu'il ne leur rendait pas, mais qu'il avait le don d'inspirer ; personnage curieux qui conserva jusqu'à la fin les qualités aimables de l'homme du monde, ayant depuis longtemps renoncé aux qualités de prince ; devenu presque insensible aux vicissitudes du sort, à force de les avoir toutes ressenties ; détaché bien avant son peuple du soin de sa dynastie et détestant son neveu, le grand Charles V, le vainqueur des Turcs et le libérateur de Vienne ; comprenant sans doute le reproche que le sérieux du jeune prince faisait à sa frivolité sceptique, et se débarrassant du reproche en pensant que le neveu avec son sérieux ne perdrait ni plus ni moins la Lorraine que l'oncle avec son insouciance.

A côté de ce portrait que l'histoire vous a prêté pour égayer votre récit, personne n'a mieux que vous démêlé et expliqué les changements qui arrivent, avec l'aide du temps, dans la condition des peuples, et qui font qu'un pays cède peu à peu à l'ascendant d'un autre pays et s'y associe sans se désavouer : accord admirable qui s'accomplit par le travail invisible et quotidien des idées, des sentiments, mille fois plus efficace que le labeur brutal des combats. Cette vérité ne se découvre nulle part avec plus de force et de clarté que dans l'histoire de la réunion de la Lorraine à la France. Tant que la France a voulu soumettre la Lorraine par la guerre, la réunion ne s'est pas faite, et Louis XIV a été forcé, au traité de Riswick, de restituer la province qu'il croyait avoir conquise, comme pour proclamer en quelque sorte, par la voix d'un conquérant, l'impuissance de la force guerrière à faire toute seule la réunion d'un peuple à un autre.

Ici, Monsieur, permettez-moi de faire une réflexion historique. C'est, selon moi, une erreur fort impertinente de dire que la France a conquis la Bourgogne, la Bretagne, la Lorraine. Il y avait au moyen âge plusieurs Frances diverses, et ces Frances étaient très-françaises, sans dépendre de Paris. Elles parlaient un très-bon français, témoin Froissard et Comines ; elles avaient le cœur français, témoin Jeanne d'Arc, *la bonne Lorraine,* comme dit notre vieux poëte Villon. Cette vitalité française s'est interrompue dans cette guerre quasi civile que Richelieu et Louis XIV ont suscitée entre la France et la Lorraine, pendant soixante-quinze ans ; mais elle s'est ranimée et a refleuri, pour ainsi dire, pendant la paix du XVIIIe siècle. A mesure que l'esprit français prenait en France un plus libre essor dans les lettres, dans la philosophie politique, dans les sciences, il se répandait plus aisément aussi en Lorraine, sans rencontrer la barrière des vieilles haines. Voilà, Monsieur, les œuvres de la paix, celles qu'elle oppose avec orgueil aux œuvres de la guerre. Et s'il fallait enfin un dernier témoignage de l'heureux esprit de conquête de la paix, ce que la puissance de Richelieu, de Mazarin et de Louis XIV n'avait pas pu faire par l'épée de Condé et de Turenne, le plus insouciant de nos rois, Louis XV, et le plus timide de nos ministres, le cardinal Fleury, l'ont fait sans efforts et presque sans habileté. Tant la paix avait rendu la Lorraine à son vieil instinct national ! Le jour où le mariage de son dernier duc força la Lorraine de choisir entre la France et l'Allemagne, elle quitta, étonnée plutôt qu'attristée, la dynastie qui la quittait. Elle ne devint pas française, elle le redevint, et elle n'eut, pour oublier une querelle de trois quarts de siècle, qu'à se ressouvenir de sept cents ans de confraternité.

Cette union aidée par tant de vieux souvenirs, troublée un instant par les passions ambitieuses des princes, s'est trouvée consolidée en 89 par l'avénement de la nouvelle société française. Vous avez eu raison, Monsieur, de montrer combien la liberté avait été efficace pour créer cette unité nationale, qui fait notre force et notre gloire. Je sais bien qu'on nous a beaucoup dit et qu'on nous dira peut-être encore que nous devons notre unité nationale à la puissance de notre administration centrale, à nos intendants d'autrefois, à nos préfets d'aujourd'hui, au génie militaire et politique du premier des Napoléons. Je ne veux me brouiller avec aucun grand souvenir ; mais il est un plus grand souvenir que tous ceux-là, qu'il m'est impossible d'oublier quand on parle des causes de l'unité française : c'est le souvenir de cette glorieuse communauté de grandeurs et de malheurs, de succès et de revers, de bonne et de mauvaise fortune, que la France a traversée depuis 89. Aussi, quand parfois à l'étranger j'entends demander d'où vient l'unité de la France, et que les uns l'attribuent à sa géographie, d'autres à son bulletin des lois, je réponds sans hésiter que notre unité vient de notre histoire du XIXe siècle. Espérances et désespoirs des révolutions, enivrement de la gloire des conquêtes, amertumes de la défaite et de l'invasion, chutes de dynasties et de gouvernements tombant les uns sur les autres, libertés perdues et recouvrées, que n'avons-nous pas supporté ? Mais nous avons tout supporté ensemble. Qui donc d'entre nous, dans nos aventures nationales, s'est séparé de ses frères pour jouir ou pour souffrir ? qui donc a tenté de se faire une joie ou une douleur à part ? Qui donc s'est souvenu de sa province ou de sa ville pour lui souhaiter un sort distinct de celui de la France ? Voilà à travers quelles épreuves et avec quels sentiments s'est fondée et affermie notre unité nationale. Elle est née de l'histoire de notre siècle ; elle est née du patriotisme de la France moderne. Mais, croyons-le bien, Monsieur, et avec qui suis-je plus à mon aise pour m'en féliciter qu'avec l'historien de la réunion de la Lorraine? dans le patriotisme de la France moderne, il y a les patriotismes de nos vieilles provinces françaises qui sont venus s'y fondre comme dans une fournaise puissante, et nos tempêtes civiles et guerrières n'ont fait que hâter la fusion de ces métaux généreux apportés de tous côtés. Comme dans l'incendie de Corinthe, l'airain est sorti du feu plus brillant et plus indestructible que jamais.

J'arrive, Monsieur, à celui de vos ouvrages qui est, comme vous le dites dans votre préface, « le fruit de longues et consciencieuses recherches ». Par l'importance du sujet, par la gravité et la nouveauté des révélations, par l'émotion qu'excite le récit, la publication de ce livre a été un des événements de notre temps. Je parle de l'*Histoire de l'Eglise romaine et du premier empire de* 1800 *à* 1814.

En lisant votre ouvrage, la première question qu'on se fait est de se demander comment tant de faits graves, tant de scènes douloureuses, une persécution si longue et si obstinée, ont pu rester ignorés du public contemporain. Ce n'est point ici un homme obscur qui est enlevé à sa famille et à ses travaux ; c'est le pape qui est enlevé de Rome, qui est relégué et enfermé dans une petite ville des bords de la mer ; c'est l'élu et le représentant du monde catholique qui disparaît tout à coup ; et autour du vide qui se fait inopinément, tout le monde se tait ; la surprise n'excite pas la curiosité ; l'affliction ne crée pas la plainte, et la voix qui retentissait naguère dans toutes les églises de la catholicité n'a plus un seul écho qui puisse ou veuille l'entendre. Comment a pu se faire un pareil silence, qui s'était si bien établi qu'il a duré même après la chute de celui qui l'ordonnait, et qu'il a fallu que la mort brisât tour à tour les sceaux imposés sur les lèvres des ministres de ce silence pour le rompre enfin et y substituer la vérité et la justice de l'histoire ?

Ce silence qui enveloppait l'administration et le gouvernement du premier empire, ce silence qui nous étonne quoique nous en ayons passé tout près, se faisait à l'aide de deux choses, un grand prestige dans l'empereur et une censure très-vigilante dans l'administration. Soyons justes, Monsieur, on ne fait taire les hommes qu'à la condition de les occuper, et la première condition pour les empêcher de dire ce qu'on veut cacher est de leur donner beaucoup à dire sur ce qu'on veut montrer. L'empereur Napoléon Ier, tant qu'il fut heureux, avait au suprême degré la qualité de donner beaucoup à dire sur ce qu'il voulait montrer. Avec le bruit de sa gloire il faisait aisément le silence sur sa politique. La censure et la police faisaient le reste. Le malheur, c'est qu'à mesure que la fortune abandonnait Napoléon, le prestige cessant, la censure et la police ne suffisaient plus à leur emploi. Comme il fallait non plus seulement se taire sur quelques points, mais sur toutes choses, le silence devenait pour le pays une souffrance qui aggravait toutes les autres. Chose singulière : de toutes les choses que le public ignorait, la lutte du pape et de l'empereur était celle qu'il ignorait le plus et qu'il a ignorée le plus longtemps. L'action se passait entre peu de personnes, point de confidents que les acteurs qui avaient intérêt à se taire. Surtout la curiosité publique était ailleurs. Elle n'était ni à Savone ni à Fontainebleau ; elle était sur les champs de bataille où se décidait la destinée de la France.

Ce sera votre mérite et votre honneur, Monsieur, d'avoir ouvert à tous les yeux ce coin obscur de l'histoire de l'empire. Alors s'est montré à nous un grand et curieux spectacle ou plutôt un grand et curieux contraste, plus dramatique qu'aucun de ceux que peut inventer l'imagination des poëtes. D'un côté, toutes les grandeurs militaires, toutes les forces administratives, tout l'éclat des états-majors victorieux, toute l'activité et toute l'habileté des conseillers d'État et des directeurs généraux, et tout cela personnifié dans le génie le plus capable de faire marcher tous ces pouvoirs divers au but marqué par son impérieuse volonté. Quelle puissance, et, pour en témoigner les effets, quelles œuvres accomplies presqu'en un instant ! Au dehors, l'Europe vaincue ; au dedans, la révolution terrassée et domptée ; la France enfin ravie de la paix intérieure qu'elle avait retrouvée, éblouie de la gloire qu'on lui donnait et n'en calculant pas encore le prix, entraînée surtout par le goût naturel qu'elle a d'admirer les grandeurs dans leur nouveauté et de s'y asservir avec la fortune. De l'autre côté, et pour résister, s'il le fallait, à ce prodigieux ascendant, qu'y avait-il ?

Vous racontez dans votre premier volume qu'en 1800, notre ministre à Rome, allant trouver le pape, le premier consul lui dit : « N'oubliez pas de traiter le pape comme s'il avait une armée de deux cent mille hommes à ses ordres. » Le mot fut rapporté au pape, qui se mit à sourire, étonné sans doute que son pouvoir fût pesé dans cette balance tout à fait terrestre. Ainsi, pour apprécier leurs forces réciproques, les deux antagonistes futurs, avant même qu'ils prévissent la lutte, n'avaient ni la même mesure, ni la même langue ; mais ce que nous devons surtout remarquer, c'est que si le pape eût eu cette armée de deux cent mille hommes que Napoléon lui attribuait poliment, il eût été perdu dans la lutte, il eût été vaincu comme l'Europe. Ce qui l'a sauvé, c'est de n'avoir point les armes qu'avait son adversaire et d'en avoir d'autres que son adversaire ne connaissait même pas. Il a retrouvé l'égalité par la différence absolue des forces. Il avait en effet la force qui ne compte ni dans l'inventaire des arsenaux ni dans l'effectif des corps d'armée ; il avait la force de la conscience individuelle, et c'est par là qu'il a été invincible, sans avoir eu besoin d'être infaillible.

Qu'est-ce qui a causé le rapprochement entre les deux puissances qui se partagent l'humanité, la force matérielle et la force morale, rapprochement qui fut d'abord une alliance et devint bientôt une rupture? c'est la force matérielle qui a demandé une consécration à la force morale ; singulier aveu que Napoléon, par le couronnement, faisait à la force morale, s'il croyait ne pas l'avoir ; plus singulier encore, s'il croyait la recevoir. Quoi qu'il en soit, c'est l'empereur qui a appelé le pape à Paris; c'est la force matérielle qui, dans son orgueil imprévoyant, s'est suscité à elle-même cette apparition de sa rivale, et qui, sans le savoir, a mêlé aux pompes de sa grandeur la première vision d'un des écueils où cette grandeur devait échouer.

Qu'elle était douce et bienveillante, cette force morale, qui alors se croyait aimée, quoiqu'elle se sentît déjà un peu subjuguée! Une subordination encore volontaire et libre ne répugnait pas au pontife; il croyait que la religion devait beaucoup à Napoléon. Les dignitaires du clergé repétaient sans cesse que c'était Napoléon qui avait relevé les autels, que c'était sur un signe de sa volonté souveraine que la France s'était du jour au lendemain retrouvée catholique. Triste et dangereuse erreur que Pie VII apprit plus tard à reconnaître, quand à Savone, repoussant les conseils de ceux qui lui disaient que tout le clergé de France était pour l'empereur contre le pape, il comprit, par l'intuition de la foi et du malheur, que le clergé français, qui avait traversé sans défaillir les épreuves de la révolution, ne pouvait pas être tombé tout entier dans la servilité des cours. Des voix généreuses, qui parvenaient jusqu'à lui à travers les murs de sa prison, l'avertissaient qu'il y avait cà et là dans le pays des résistances n'ayant, comme la sienne, d'autre force que la conscience individuelle. Eh bien, avant le concordat, c'était aussi l'effort des consciences individuelles, c'était le zèle persévérant des prêtres persécutés, c'était la piété de nos curés de campagne venant à travers tant de périls retrouver leurs vieilles églises et leurs vieux paroissiens, c'étaient les sentiments de tant de Français à qui le malheur avait rappris l'émotion religieuse, c'était enfin l'instinct du pays, c'était le mouvement des âmes qui avait relevé les autels et non pas la volonté du premier consul. La France ne s'était pas retrouvée catholique par l'effet d'une consigne militaire; elle l'était parce qu'elle voulait l'être, laissant à chacun la consciencieuse liberté des refus. Il n'y eut que la cour de l'empereur à qui il fut ordonné de prendre part au catholicisme du couronnement.

Je ne fais que répéter, Monsieur, ce que vous avez si bien dit en restituant à la France de nos pères le mérite d'avoir restauré les autels qui plaisaient à leurs souvenirs ou à leurs espérances. Ç'aurait été, avouons-le, mal inaugurer un siècle de tolérance religieuse que de passer de l'incrédulité à la piété par l'ordre d'un maître qui ne faisait lui-même que de la politique, en nous faisant faire de la religion. Les flatteurs ecclésiastiques de Napoléon ne nous montrent derrière le concordat que l'unique et hautaine figure de l'empereur. Grâces vous soient rendues d'avoir replacé derrière le concordat la figure de la France, et d'avoir substitué à la volonté du prince qui décrète un *credo* l'émotion nationale d'un peuple qui reprend sa foi et ne la prescrit à personne!

Vous nous avertissez dans votre introduction que, si votre livre soulève quelques questions qui touchent aux rapports de l'Église et de l'État, vous n'avez pas songé un instant à les traiter *ex professo;* vous avez voulu seulement raconter l'histoire de la lutte engagée entre le despotisme qui veut partout faire sa volonté et la conscience qui veut faire son devoir ; l'un qui dit : Je le veux ! et qui croit que tout doit céder à ce mot ; l'autre qui dit : Je ne puis pas ! et qui n'ayant peur, ni de la mort, ni de la souffrance, ni de la captivité, sait qu'avec ce mot, quoique prononcé par le plus faible des vieillards, elle vaincra le plus redouté des conquérants ; et elle a vaincu en effet, vaincu par la patience et la résignation. Qui l'aurait dit quand le pape, en 1809, était enlevé de Rome et conduit en France comme un coupable, qui l'aurait dit en 1812, quand malade et presque mourant il était transporté de Savone à Fontainebleau pour être de plus près sous la main de son terrible antagoniste, qui aurait dit qu'il viendrait un jour où il rentrerait à Rome et où il monterait à pas lents, avec le visage radieux d'un saint délivré de ses chaînes, l'escalier de Saint-Pierre, toujours humble quoique triomphant, et ne s'enorgueillissant pas d'un triomphe qui n'étonnait pas sa foi ? De quels traits vifs et naturels vous avez su peindre une de ces grandes journées de consolation et de justice qui traversent de temps en temps l'histoire ! Rien n'est donné à la fausse émotion ; aucun esprit de parti ; aucune déclamation. On sent seulement l'effet que produit sur les âmes élevées le spectacle des choses humaines, c'est-à-dire la vraie et grave pitié que l'histoire enseigne aux hommes d'avoir les uns pour les autres. Mais laissez-moi surtout admirer la belle et touchante inspiration que vous avez eue pour achever votre peinture.

Arrivé au terme de votre récit et en face du sort final

que les événements ont fait aux deux acteurs du grand drame que vous venez de raconter, vous ne songez pas à faire entre eux un de ces parallèles qui plaisent aux écoles. Vous contemplez un instant les dernières scènes du spectacle qui nous est donné : à Rome, le retour triomphant de Pie VII et les larmes de joie que versent en se retrouvant le peuple et le pontife romain ; à Fontainebleau, les adieux que Napoléon forcé d'abdiquer fait à ses vieux soldats et les larmes que répandent ces fidèles compagnons de l'adversité. Est-ce pour opposer cruellement le triomphe à la chute, et les larmes de joie qui coulent à Rome aux pleurs douloureux de Fontainebleau? Ah! laissons à la fortune et à ceux qui la suivent la satisfaction de ces terribles expiations. Le miséricordieux prisonnier de Savone n'a rien ressenti de ces mauvaises joies, lui qui ne se souvient de sa captivité que pour prier en 1817 le prince régent d'Angleterre d'adoucir la captivité de Napoléon à Sainte-Hélène. Vous n'avez rapproché un instant Rome et Fontainebleau que pour tirer de ce rapprochement une leçon vraiment grande et vraiment humaine. Oui, les révolutions de la fortune peuvent avoir leur grandeur parce qu'elles ont aussi leur justice. C'est par là que nous sommes tentés parfois de les glorifier ; mais l'impassibilité du destin qui prononce ces redoutables arrêts me les gâte, même quand ils sont justes. Partout où éclatent les révolutions, éclatent aussi les émotions humaines, les bonnes comme les mauvaises. C'est donc le devoir de l'historien de suivre l'homme à travers le tumulte des choses, de découvrir et de montrer les bons sentiments de l'âme humaine, ceux qui l'honorent et qui l'élèvent, de nous apprendre que c'est de ce côté qu'est la grandeur de l'histoire, parce que c'est de ce côté aussi qu'est la grandeur de l'humanité. Les catastrophes que racontent les annales des peuples ne sont pour ainsi dire que l'accomplissement des lois de la nature universelle, tant que nous n'y mêlons pas notre âme, et les choses n'ont de prix que par les larmes qu'elles tirent de l'homme:

Sunt lacrymæ rerum et mentem mortalia tangunt.

La chute d'un conquérant, quelque grande qu'elle soit, n'est qu'une des mille et une aventures de ce monde. Mais, à Fontainebleau, les larmes de douleur de ces vieux soldats séparés de leur glorieux général, à Rome, les pleurs de joie du vieux prêtre rendu à son Église, voilà où est vraiment l'histoire humaine; voilà où l'histoire a son spiritualisme; et c'est ce spiritualisme que je vous remercie d'avoir recherché et d'avoir montré dans l'émotion des vieux grenadiers de la garde impériale. Vous avez replacé ainsi la chute du conquérant dans un cadre de douleurs généreuses et désintéressées qui le défend contre les duretés de la fortune.

J'avais à cœur, Monsieur, de vous féliciter, au nom de l'Académie, de votre fidélité aux grandes lois morales de l'histoire, à celles qu'ont suivies les maîtres de l'antiquité et que suivent les maîtres de nos jours : avant tout, l'amour de la vérité, l'horreur du mensonge, le dédain des arrêts de la fortune et le respect de la conscience humaine.

Paris. — Imprimerie Adolphe Lainé, rue des Saints-Pères, 19.

LIBRAIRIE ACADÉMIQUE

DIDIER ET CIE

PARIS

35, QUAI DES AUGUSTINS, 35

1869

LIBRAIRIE ACADÉMIQUE DIDIER ET CIE

35, Quai des Augustins, à PARIS

HISTOIRE — LITTÉRATURE — PHILOSOPHIE

ÉDITIONS IN-8

AMPÈRE (J.-J.)

Formation de la langue française. Nouvelle édition, revue et corrigée. 1 vol. in-8. . . . . 7 fr. 50

Histoire littéraire de la France avant et sous Charlemagne. Nouv. édit. 3 vol. in-8. . . . . 22 fr. 50

La Philosophie des deux Ampère, publiée par M. J. BARTHÉLEMY SAINT-HILAIRE. 1 vol. in-8. . . . . 7 fr. 50

La Grèce, Rome et Dante, études littéraires d'après nature. 3e édition. 1 vol. in-8. . . . . 7 fr. 50

La Science et les Lettres en Orient. 1 vol. in-8. . . . . 7 fr. 50

AUBERTIN (CH.).

Senèque et saint Paul. Étude sur les rapports supposés entre le philosophe et l'apôtre. 1 vol. in-8. . . . . 7 fr.

D'ASSAILLY

Les Chevaliers poëtes de l'Allemagne. — *Minnesinger.* 1 vol. in-8. . 5 fr.

BABOU (H.)

Les Amoureux de madame de Sévigné. 1 vol. in-8. . . . . 6 fr.

BADER (CLARISSE)

La Femme biblique. Sa vie morale et sociale, sa participation au développement de l'idée religieuse. 1 vol. in-8. . . . . 7 fr.

La Femme dans l'Inde antique. (*Ouvrage couronné par l'Académie française.*) 1 vol. in-8. . . . . 7 fr.

BARANTE

Vie de Mathieu Molé. — *Le Parlement et la Fronde.* 1 vol. in-8. . . . . 7 fr.

Histoire du Directoire de la République française, *complément de l'Histoire de la Convention.* 3 forts volumes grand in-8 cavalier. . . . . 18 fr.

Études historiques et biographiques. 2 vol. in-8. . . . . 14 fr.

Études littéraires et historiques. 2 vol. in-8. . . . . 14 fr.

Pensées et réflexions morales et politiques du comte DE FICQUELMONT, précédées d'une notice par M. DE BARANTE. 1 vol. in-8. . . . . 6 fr.

Œuvres dramatiques de Schiller, trad. de M. DE BARANTE. Nouvelle édition revue. 3 vol. in-8. . . . . 18 fr.

BARET (E.)

Les Troubadours et leur influence sur les littératures du Midi de l'Europe. 1 vol. in-8. . . . . 7 fr.

BARTHÉLEMY (ED. DE)

La Galerie des Portraits de mademoiselle de Montpensier : recueil des Portraits et Eloges des seigneurs et dames les plus illustres de France, la plupart composés par eux-mêmes. Nouvelle édition, avec notes. 1 vol. in-8 . 6 fr.

BASTARD D'ESTANG

Les Parlements de France. Essai historique sur leurs usages, leur organisation et leur autorité. 2 forts volumes in-8. . . . . 15 fr.

BAUDRILLART

Publicistes modernes. 1 fort vol. in-8. . . . . 7 fr. 50

Jean Bodin et son temps. Tableau des théories politiques et des idées économiques au XVIe siècle. 1 vol. in-8 . . . . 7 fr.

BAUTAIN (L'ABBÉ)

La Conscience, ou la Règle des actions humaines. 1 vol. in-8. . . . . . 6 fr.

BEAUFORT (LOUIS DE)

Dissertation sur l'incertitude des cinq premiers siècles de l'Histoire romaine. Nouv. édit. publiée par ALF. BLOT. 1 volume in-8. . . . . . . 5 fr.

BERSOT (ERN.).

Morale et politique. 1 vol. in-8. . . . . 6 fr.

Essais de philosophie et de morale. 2 vol. in-8. . . . . 12 fr.

BEULÉ.

Histoire de l'art grec avant Périclès. 1 vol. in-8. . . . . 7 fr. 50

BERTAULD

Philosophie politique de l'histoire de France. 1 vol. in-8. . . . . . 6 fr.

La Liberté civile. Nouv. études sur les publicistes contemporains. 1 v. in-8. 7 fr.

BERTRAND (ALEX.) ET GÉNÉRAL CREULY

Guerre des Gaules. Commentaires de J. César. Trad. nouv. avec texte, accompagnée de notes topographiques et militaires, suivie d'un index biographique et géographique. 2 vol. in-8 (le 1er est en vente). . . . . 14 fr.

BIMBENET (EUG.)

Fuite de Louis XVI à Varennes, d'après les documents judiciaires et administratifs, etc. 1 vol. in-8 avec des fac-simile. . . . . 7 fr. 50

J. F. BOISSONADE

Critique littéraire sous le Ier empire, avec une notice par M. NAUDET, de l'Institut, et une étude de M. F. Colincamp, etc. 2 forts vol. in-8 avec portrait. 15 fr.

BONNECHOSE (ÉMILE DE)

Histoire d'Angleterre, depuis les temps les plus reculés jusqu'à l'époque de la Révolution française, avec un résumé chronologique des événements jusqu'à nos jours. (*Ouvrage couronné par l'Académie française.*) 2e édit. 4 vol in-8. . 24 fr.

BROGLIE (DUC DE)

Écrits et Discours. Philosophie, littérature, politique. 3 vol in-8. . . . 18 fr.

BROGLIE (A. DE)

Nouvelles études de littérature et de morale. 1 vol. in-8. . . . . 7 fr. 50

L'Église et l'Empire romain au IVe siècle. — 3 parties en 6 vol. in-8. 42 fr.

BUNSEN (C.-C. J. DE)

Dieu dans l'histoire, traduction de M. Dietz, avec une étude biographique par M. Henri Martin. 1 fort vol. in-8 . . . . 7 fr. 50

CARNÉ (L. DE)

Les États de Bretagne. 2 vol. in-8. . . . . 12 fr.

Les Fondateurs de l'Unité française. Suger, saint Louis, Du Guesclin, Jeanne d'Arc, Louis XI, Henri IV, Richelieu, Mazarin. 2 vol. in-8. . . . . . 14 fr.

La Monarchie française au XVIIIe siècle. Études historiques sur les règnes de Louis XIV et de Louis XV. Nouv. édit. 1 vol. in-8. . . . . 6 fr.

CHAMPOLLION LE JEUNE

Lettres écrites d'Égypte et de Nubie en 1828 et 1829. Nouv. édit. 1 vol. in-8 avec planches. . . . . 7 fr. 50

CHASLES (PHIL.)

Voyages d'un critique à travers la vie et les livres — Orient. 1 volume in-8. . . . . 6 fr.

—— *Deuxième série.* — **Italie et Espagne.** 1 vol. in-8. . . . . 6 fr.

CHASLES (ÉMILE)

Michel de Cervantes. Sa vie, son temps, etc. 1 vol. in-8. . . . . 7 fr.

La Comédie au XVIe siècle. 1 vol. in-8. . . . . 5 fr.

CHASSANG

Le Spiritualisme et l'idéal dans l'art et la poésie des Grecs. 1 vol. in-8. 6 fr.

Apollonius de Tyane, sa vie, ses voyages, ses prodiges, par PHILOSTRATE, et ses Lettres ; ouvr. trad. du grec, avec notes, etc. 1 vol. in-8. . . . . 6 fr.

Histoire du Roman dans l'antiquité grecque et latine, et de ses rapports avec l'histoire. (*Ouvrage couronné par l'Académie des inscriptions.*) 1 vol. in-8. 6 fr.

CHERRIER (DE)

Histoire de Charles VIII, roi de France. 2 vol. in-8. . . . . 14 fr.

CLÉMENT (CHARLES)

Géricault. — *Étude biographique et critique*, avec le catalogue raisonné de l'œuvre du maître. 1 vol. in-8. . . . . 6 fr.

CLÉMENT (PIERRE)

L'Abbesse de Fontevrault, *Gabrielle de Rochechouart de Mortemart.* 1 vol. in-8, orné d'un portrait. 7 fr. 50

Madame de Montespan et Louis XIV. 1 vol. in-8 . . . . 7 fr. 50

Enguerrand de Marigny, *Beaune de Semblançay, le chevalier de Rohan.* Episodes de l'histoire de France. 2e édition. 1 vol. in-8. . . . . 6 fr.

COMBES (F.)

La Princesse des Ursins. Essai sur sa vie et son caractère politique. 1 v. in-8. 5 fr.

COURCY (MARQUIS DE)

L'Empire du Milieu. État et description de la Chine. 1 fort vol. in-8. . . . 9 fr.

COURDAVEAUX

Caractères et Talents. Études de littérature ancienne et moderne. 1 vol in-8. 6 fr.

Entretiens d'Épictète, trad. nouvelle et complète. 1 vol. in-8. . . . . . 7 fr.

COUSIN (V.)

La Jeunesse de Mazarin. 1 fort vol. in-8. . . . . 7 fr. 50

La Société française au XVIIe siècle, d'après le *Grand Cyrus*, roman de mademoiselle de Scudéry. 2 beaux vol. in-8 . . . . 14 fr.

Madame de Chevreuse. 2e édit. 1 vol. in-8, orné d'un joli portrait. . 7 fr.

Madame de Hautefort. 1 vol. in-8. avec un joli portrait. . . . . . . 7 fr.

Jacqueline Pascal. 4e édition. 1 vol. in-8, *fac-simile*. . . . . 7 fr.

La Jeunesse de madame de Longueville. 4e édition, revue et augmentée. 1 vol. in-8, 2 portraits. . . . . 7 fr.

Madame de Longueville pendant la Fronde (1651-1653). 1 vol. in-8. . 7 fr.

Madame de Sablé. 2e édition. 1 vol. in-8, avec portrait. . . . . 7 fr.

Études sur Pascal. 1 vol. in-8. . . . . 7 fr.

Fragments et Souvenirs littéraires. 1 vol. in-8. . . . . 7 fr.

Premiers Essais de Philosophie. Nouv. édit. 1 vol. in-8. . . . . 6 fr.

Philosophie sensualiste du XVIIIe siècle. Nouvelle édit. 1 vol. in-8. 6 fr.

Introduction à l'Histoire de la Philosophie. Nouv. édition. 1 vol. in-8. . 6 fr.

Histoire générale de la Philosophie depuis les temps les plus anciens jusqu'au XIXe siècle. 7e édit. 1 vol. in-8. . . . . 7 fr. 50

Philosophie de Locke. Nouvelle édition entièrement revue. 1 vol. in-8. 6 fr.

Du Vrai, du Beau et du Bien, 12e édit. 1 vol. in-8 avec portrait. . . . 7 fr.

Fragments pour servir à l'histoire de la philosophie. 5 vol. in-8. . 30 fr.

Séparément : **Philosophie ancienne et du moyen âge.** 2 vol. in-8. . 12 fr.

—— **Philosophie moderne.** 2 vol. in-8. . . . . 12 fr.

—— **Philosophie contemporaine.** 1 vol. in-8. . . . . 6 fr.

CRAVEN (Mme AUG.), NÉE LA FERRONNAYS

Anne Séverin. 1 vol. in-8. . . . . 7 fr.

Récit d'une Sœur. Souvenirs de famille. 19e édition. 2 vol. in-8, avec un beau portrait. . . . . 15 fr.

DANTIER (ALPH.)

Les Monastères bénédictins d'Italie. Souvenirs d'un voyage littéraire au delà des Alpes. (*Ouvrage couronné par l'Académie française.*) 2 vol. in-8. 15 fr.

DAUDVILLE

Physiologie des instincts de l'homme. 1 vol. in-8. . . . . 6 fr.
L'Être-Cause. In-8. . . . . 1 fr. 50

DELAUNAY (FERD.)

Philon d'Alexandrie. *Écrits historiques*, trad. et précédés d'une introduction 1 vol. in-8 . . . . 7 fr.

DESNOIRESTERRES

La Jeunesse de Voltaire. 1 vol. in-8. . . . . 7 fr. 50
Voltaire au château de Cirey. 1 vol. in-8. . . . . 7 fr. 50
Voltaire à la cour. 1 vol. in-8. . . . . 7 fr. 50

DELÉCLUZE (E.-J.)

Louis David, son école et son temps. Souvenirs. 1 vol. in-8.. . . . . . . 6 fr.

DESJARDINS (ERNEST)

Le grand Corneille historien. 1 vol. in-8. . . . . 5 fr.
Alésia (7e CAMPAGNE DE JULES CÉSAR). Résumé du débat, etc., suivi de notes inédites de Napoléon Ier sur les COMMENTAIRES DE JULES CÉSAR. In-8, avec *fac-simile*. 3 fr.

CH. DESMAZE

Le Châtelet de Paris, son organisation, ses privilèges, etc. 1 vol. in-8. . 6 fr.

DREYSS (CH.)

Mémoires de Louis XIV POUR L'INSTRUCTION DU DAUPHIN. 1re édit. complète, avec une étude sur la composition des Mémoires et des notes. 2 vol. in-8. . 12 fr.

DUBOIS (D'AMIENS) (FRÉD.)

Éloges prononcés à l'Académie de médecine. PARISET, BROUSSAIS, ANT. DUBOIS, RICHERAND, BOYER, ORFILA, CAPURON, DENEUX, RÉCAMIER, ROUX, MAGENDIE, GUÉNEAU DE MUSSY, G. SAINT-HILAIRE, A. RICHARD, CHOMEL, THÉNARD, etc., etc. 2 vol. in-8. . . . . 12 fr.

DUBOIS-GUCHAN

Tacite et son siècle, ou la société romaine impériale, d'Auguste aux Antonins, dans ses rapports avec la société moderne. 2 beaux volumes in-8. . . . . 14 fr.

DU CELLIER

Histoire des Classes laborieuses en France, depuis la conquête de la Gaule par Jules César jusqu'à nos jours. 1 vol. in-8. . . . . 6 fr.

DU MÉRIL (ÉDELST.)

Histoire de la Comédie ancienne. 2 vol. in-8. . . . . 16 fr.

EGGER

L'Hellénisme en France. Leçons sur l'influence des études grecques sur la langue et la littérature françaises. 2 vol. in-8. . . . . 15 fr.

EICHHOFF (F. G.)

Tableau de la Littérature du Nord, AU MOYEN AGE, en Allemagne, en Angleterre, en Scandinavie et en Slavonie. Nouv. édit. revue et augmentée. 1 vol. in-8. 6 fr.

FALLOUX (Cte DE)

Correspondance du P. Lacordaire avec madame Swetchine, publiée par M. DE FALLOUX. 1 vol. in-8.. 7 fr. 50
Madame Swetchine. Journal de sa conversion, méditations et prières publiées par M. DE FALLOUX. 1 vol. in-8. 6 fr.
Madame Swetchine. Sa vie et ses pensées, publiées par M. DE FALLOUX. 8e édit. 2 vol. in-8, ornés d'un portrait. . . . . 15 fr.
Lettres de madame Swetchine, publiées par M. DE FALLOUX. 2 vol. in-8. 12 fr.
Lettres inédites de madame Swetchine, publiées par M. DE FALLOUX. 1 vol. in-8. . . . . 6 fr.
Étude sur madame Swetchine, par Ern. Naville. In-8. . . . . 1 fr. 50

FERRARI (J.)

La Chine et l'Europe, leur hist. et leurs traditions comparées. 1 vol. in-8. 7 f. 50
Histoire des évolutions d'Italie, ou Guelfes et Gibelins. 4 vol. in-8. 24 fr.

FERRI (LOUIS.)

Histoire de la philosophie en Italie au XIXe siècle. 2 vol. in-8. . . . 12 fr.

FEUGÈRE (LÉON)

Les Femmes poëtes au XVIe siècle, étude suivie de notices sur Mlle de Gournay, d'Urfé, Montluc, etc. 1 vol. in-8. . . . . 5 fr.

FLAMMARION

La Pluralité des mondes habités. Étude où l'on expose les conditions d'habitabilité des terres célestes, etc. 4e édit. 1 fort vol. in-8 avec figures. . . . 7 fr.

FRANCK (AD.)

Philosophie et Religion. 1 vol. in-8. . . . . 7 fr. 50

GANDAR

Lettres et souvenirs d'enseignement, publiés par sa famille, avec une *Étude* par M. Sainte-Beuve. 2 vol. in-8. . . . . 15 fr.

Bossuet orateur. Études critiques sur les sermons de la jeunesse de Bossuet. (*Ouvrage couronné par l'Académie française.*) 1 fort vol. in-8. . . . 7 fr. 50

Choix de Sermons de la jeunesse de Bossuet. Édition critique d'après les textes, avec introduction, notes et notices. 1 vol. in-8, 5 fac-simile. . 7 fr. 50

GEFFROY (A.)

Lettres inédites de Mme des Ursins, avec une introd. et des notes. 1 v. in-8. 6 fr.

GERMOND DE LAVIGNE

Le Don Quichotte de Fernandez Avellaneda, traduit de l'espagnol et annoté. 1 beau vol. in-8. . . . . 5 fr.

GERUZEZ

Histoire de la littérature française jusqu'à la Révolution (*Ouvrage couronné par l'Académie française*). Nouvelle édition. 2 vol. in-8. . . . . 14 fr.

GODEFROY (F.)

Lexique comparé de la langue de Corneille et de la langue du XVIIe siècle en général. (*Ouvrage couronné par l'Académie française.*) 2 vol. in-8. . . . . 15 fr.

GUADET

Les Girondins, leur vie politique et privée, leur proscription, leur mort. 2 vol. in-8. . . . . 12 fr.

GUÉRIN (MAURICE DE)

Journal, lettres et fragments, publiés par M. Trebutien, avec une étude par M. Sainte-Beuve. 1 volume in-8. . . . . 7 fr.

GUÉRIN (EUGÉNIE DE)

Journal et lettres, publiés par M. Trebutien. (*Ouvrage couronné par l'Académie française.*) 2 vol. in-8. 14 fr.

GUIZOT

Sir Robert Peel, étude d'histoire contemporaine, accompagnée de fragments *inédits* des Mémoires de Robert Peel. Nouvelle édition. 1 vol. in-8. . . . . . 6 fr.

Histoire de la Révolution d'Angleterre, depuis l'avénement de Charles Ier jusqu'à la mort de R. Cromwell (1625-1660). 6 vol. in-8, en 3 parties. . . 42 fr.

— **Histoire de Charles Ier,** depuis son avénement jusqu'à sa mort (1625-1649) précédée d'un *Discours sur la Révolution d'Angleterre*. 8e édit. 2 vol. in-8. 14 fr.

— **Histoire de la République d'Angleterre et de Cromwell** (1649-1658). 2e édit. 2 vol. in-8. . . . . 14 fr.

— **Histoire du protectorat de Richard Cromwell,** et du *Rétablissement des Stuarts* (1659-1660). 2e édit. 2 vol. in-8. . . . . 14 fr.

Études sur l'Histoire de la Révolution d'Angleterre. 2 vol. in-8 :

— **Monk. Chute de la République.** 5e édit. 1 vol. in-8, portrait. . . . . 6 fr.

— **Portraits politiques** des hommes des divers partis : *Parlementaires, Cavaliers, Républicains, Niveleurs*. Études historiques. Nouv. édit. 1 vol. in-8. 6 fr.

GUIZOT (*suite*).

Essais sur l'Histoire de France. 10e édit. revue et corrigée. 1 vol. in-8. 6 fr.

Histoire des origines du gouvernement représentatif et des institutions politiques de l'Europe, etc. Nouv. édit. 2 vol. in-8. . . . . 10 fr.

Histoire de la civilisation en Europe et en France, depuis la chute de l'empire romain jusqu'à la Révolution française. Nouv. édition. 5 vol. in-8. 30 fr.

Discours académiques, suivis des discours prononcés pour la distribution des prix au Concours général et devant diverses sociétés, etc. 1 vol. in-8. . . 6 fr.

Corneille et son temps. Étude littéraire, etc. 1 vol. in-8. . . . . . . 6 fr.

Méditations et Études morales et religieuses. Nouv. édit. 1 vol. in-8. 6 fr.

Études sur les beaux-arts en général. 3e édit. 1 vol. in-8. . . . . . 6 fr.

De la Démocratie en France. 1 vol. in-8 de 164 pages. . . . . . . 2 fr. 50

Abailard et Héloïse. Essai historique par M. et Mme Guizot, suivi des *Lettres d'Abailard et d'Héloïse,* traduites par M. Oddoul. Nouv. édit. 1 vol. in-8. 6 fr.

Grégoire de Tours et Frédégaire. — Histoire des Francs et Chronique, trad. Nouv. édit. revue et augmentée de la *Géographie de Grégoire de Tours et de Frédégaire,* par M. Alfred Jacobs. 2 vol. in-8, avec une carte spéciale. . 14 fr.
Cet ouvrage est autorisé par décision ministérielle pour les Écoles publiques.

Œuvres complètes de W. Shakspeare, traduction nouvelle de M. Guizot, avec notices et notes. 8 vol. in-8. 48 fr.

Histoire de Washington *et de la fondation de la république des États-Unis,* par M. C. de Witt, avec une Introduction par M. Guizot. 3e édition, revue et augmentée. 1 vol. in-8, avec portraits et carte. . . . . 7 fr.

Correspondance et Écrits de Washington, traduits de l'anglais et mis en ordre par M. Guizot. 4 vol. in-8. . . . . 12 fr.

Dictionnaire universel des synonymes de la langue française, contenant les synonymes de Girard, Beauzée, Roubaud, d'Alembert, etc., augmenté d'un grand nombre de nouveaux synonymes, par M. Guizot, 7e édit. 1 vol. gr. in-8.... 12 fr.
L'introduction de cet ouvrage est autorisée dans les Établissements d'instruction publique.

GUIZOT (GUILLAUME)

Ménandre. Étude historique et littéraire sur la Comédie et la Société grecques. (*Ouvrage couronné par l'Académie française.*) 1 vol. in-8, avec portrait. . . 6 fr.

HOUSSAYE (ARSÈNE)

Histoire de Léonard de Vinci. 1 vol. in 8 avec portrait 7 50

HOUSSAYE (HENRY)

Histoire d'Apelles. Études sur l'art grec. 1 vol. in-8. . . . . 7 fr.

JACQUINET

Des Prédicateurs au xviie siècle avant Bossuet. (*Ouvrage couronné par l'Académie française.*) 1 vol. in-8. . . . . 6 fr.

J. JANIN

La Poésie et l'Éloquence à Rome au temps des Césars. 1 vol. in-8. 6 fr.

JOBEZ (AD.)

La France sous Louis XV (1715-1774). Tomes I à V parus. In-8. Prix du vol. 6 fr.

JULIEN (ERN.)

La Chasse. Son histoire et sa législation. 1 vol. in-8. . . . . 7 fr.

JUSTE (THÉOD.)

Le Soulèvement des Pays-Bas contre la domination espagnole. 2 vol. in-8. . . . . 14 fr.

Vie de Marnix de Sainte-Aldegonde — 1538-1568 — 1 vol. in-8. . . . 5 fr.

LA CODRE

Les Desseins de Dieu. Essai de Philosophie religieuse et pratique. 1 v. in-8. 6 fr.

LÉON LAGRANGE

Joseph Vernet et la Peinture au xviiie siècle, avec grand nombre de documents inédits. 1 volume in-8. . . . . 6 fr.

Pierre Puget, peintre, sculpteur architecte, etc. 1 vol. in-8. . . . . . 6 fr.

LAMENNAIS

Correspondance inédite, publiée par M. Forgues. 2 vol. in-8. . . . . . 10 f .

LAPRADE (V. DE)

Pernette. 1 vol. in-8 . . . . 6 fr.
Questions d'art et de morale. 1 vol. in-8. . . . . 6 fr.
Le Sentiment de la nature avant le Christianisme et chez les modernes. 2 vol. in-8. . . . . 15 fr.

LAVOLLÉE (RENÉ)

Portalis, *sa vie et ses œuvres.* 1 vol. in-8.. . . . . 6 fr.

LECOY DE LA MARCHE

La Chaire française au moyen âge, et spécialement au XIIIe siècle. (*Ouvrage couronné par l'Académie des inscriptions*). . . . . 7 fr. 50

LE DIEU (L'ABBÉ)

Mémoires et Journal de l'abbé Le Dieu, sur la vie et les ouvrages de Bossuet, publiés sur les manuscrits autographes. 4 vol. in-8.. . . . . 20 fr.

LÉLUT

Physiologie de la pensée. Recherche critique des rapports du corps à l'esprit. 2 vol. in-8. . . . . 12 fr.

LEMOINE (ALB.)

L'Aliéné devant la philosophie, la morale et la société. 1 vol. in-8. . . 6 fr.

LEPINOIS (H. DE)

Le Gouvernement des Papes et les Révolutions dans les États de l'Église, d'après des documents extraits des archives secrètes du Vatican, etc. 1 v. in-8. 7 fr.

LESSING

La Dramaturgie, trad. d'Ed. de Suckau et L. Crousié, avec une étude par M. A. Mézières. 1 vol. in-8. 7 fr.

LITTRÉ

Études sur les barbares et le moyen âge. 1 vol. in-8.. . . . . . . 7 fr. 50
Histoire de la langue française. Études sur les origines, l'étymologie, la grammaire, etc. 4e édit. 2 vol. in-8. . . . . 14 fr.

LIVET (CH.)

La Grammaire française et les Grammairiens du XVIIe siècle. (*Mention très-honorable de l'Académie des inscriptions.*) 1 fort vol. in-8. . . . . . 7 fr.

LOPE DE VEGA

Œuvres dramatiques. *Drames.* Trad. de M. E. Baret, avec une Étude, des notices et notes. 1 vol. in-8, paru. . . . . 6 fr.

LOVE

Le Spiritualisme rationnel, à propos des divers moyens d'arriver à la connaissance, etc. 1 vol. in-8. . . . . 6 fr.

MALOUET

Mémoires de Malouet, publiés par son petit-fils le baron Malouet. 2 vol. in-8 ornés d'un portrait gravé sur acier. . . . . 15 fr.

MARTHA BECKER

Le Général Desaix. Étude historique. 1 vol. in-8, avec portrait. . . . 5 fr.
Matérialisme et spiritualisme. 1 vol. in-8. . . . . 5 fr.

MARY (D^r^)

Le Christianisme et le Libre Examen. Discussion des arguments apologétiques. 2 vol. in-8. . . . . 12 fr.

MATTER

Le Mysticisme en France au temps de Fénelon. 1 vol. in-8. . . . 6 fr.
Swedenborg. Sa vie, ses écrits, sa doctrine. 1 vol. in-8.. . . . . 6 fr.
Saint-Martin, *le Philosophe inconnu,* sa vie, ses écrits, etc. . . . . . . 6 fr.

MAURY (ALF.)

Les Académies d'autrefois. 2 parties :
— *L'ancienne Académie des sciences.* 1 volume in-8. . . . . 7 fr.
— *L'ancienne Académie des inscriptions et belles-lettres.* 1 volume in-8. . 7 fr.
Croyances et légendes de l'antiquité. 1 vol. in-8. . . . . 7 fr.

MEAUX (Vte DE)

La Révolution et l'Empire. Étude d'histoire politique. 1 vol. in-8.. . . 7 fr

MÉNARD (L. ET R.)

La Sculpture ancienne et moderne. (*Ouvrage couronné par l'Académie des beaux-arts.*) 1 vol. in-8. . . . . 6 fr.

Tableau historique des Beaux-Arts, depuis la Renaissance jusqu'au dix-huitième siècle. (*Ouvrage couronné par l'Académie des beaux-arts.*) 1 vol. in-8. 6 fr.

Hermès Trismégiste. Traduction nouvelle avec une étude sur les livres hermétiques. 1 vol. in-8. . . . . 6 fr.

La Morale avant les philosophes. 1 vol. in-8. . . . . 3 fr. 50

MERCIER DE LACOMBE (CH.)

Henri IV et sa politique. (*Ouvrage couronné par l'Académie française. 2e prix Gobert.*) 1 vol. in-8. . . . . 6 fr.

MÉZIÈRES (ALF.)

Pétrarque. Étude d'après des documents nouveaux. (*Ouvrage couronné par l'Académie française.*) 1 vol. in-8. . . . . 7 fr. 50

MICHAUD (ABBÉ)

Guillaume de Champeaux et les écoles de Paris au XIIe s. 1 vol. in-8.. . 7 fr.

MIGNET

Éloges historiques : *Jouffroy, de Gérando, Laromiguière, Lakanal, Schelling, Portalis, Hallam, Macaulay.* 1 vol. in-8.. . . . . 6 fr.

Portraits et notices HISTORIQUES ET LITTÉRAIRES. Nouv. éd. 2 vol. in-8. 12 fr

Charles-Quint, SON ABDICATION, SON SÉJOUR ET SA MORT AU MONASTÈRE DE YUSTE. 5e édit., revue et corrigée. 1 beau vol. in-8. . . . . 6 fr.

Histoire de la Révolution française, de 1789 à 1814. 9e édit. 2 vol. in-8. 12 fr.

MILLET

Histoire de Descartes av. 1637. (*Ouv. cour. par l'Acad. franç.*) 1 vol. in 8. 7 fr, 50

MOLAND (LOUIS)

Molière et la Comédie italienne. 1 vol. in-8 illustré de 20 types de l'ancien théâtre italien, gravés d'après Callot, etc. . . . . 7 fr.

Origines littéraires de la France. Roman, Légende, Prédication, Poétique, etc. 1 vol. in-8. . . . . 6 fr.

MONNIER (F.)

Le Chancelier d'Aguesseau, etc., avec des documents inédits et des ouvrages nouveaux du Chancelier. (*Ouvr. cour. par l'Acad. franç.*) 2e édit. 1 vol. in-8. 6 fr.

MONTALEMBERT (COMTE DE)

L'Église libre dans l'État libre. Discours prononcé au congrès de Malines. 1 v. in-8.. . . . . 2 fr. 50

MORET (ERNEST)

Quinze ans du règne de Louis XIV. 1700-1715. (*Ouvrage couronné par l'Académie française, 2e prix Gobert.*) 3 vol. in-8. . . . . 15 fr.

NOURRISSON

Tableau des progrès de la pensée humaine. Les philosophes et les philosophies depuis Thalès jusqu'à Hegel. 3e édit. revue et corrigée. . . . 7 fr. 50

Philosophie de saint Augustin. (*Ouvrage couronné par l'Académie des sciences morales.*) 2 vol. in-8. . . . . 14 fr.

La Nature humaine. Essais de psychologie appliquée. (*Ouvrage couronné par l'Académie des sciences morales.*) 1 vol. in-8. . . . . 7 fr.

NOUVION (V. DE)

Histoire du règne de Louis-Philippe Ier, roi des Français (1830-1840). 4 vol. in-8. . . . . 24 fr.

PELLISSON ET D'OLIVET

Histoire de l'Académie française. Nouv. édit. avec une introduction, des notes et éclaircissements, par M. CH. LIVET. 2 gros vol. in-8. . . . . . . 14 fr.

PENQUER (Mme A.)

Velléda. 1 vol. in-8. . . . . 7 fr.

PERRENS

Les Mariages espagnols sous Henri IV et Marie de Médicis. 1 vol in-8. 7 fr. 50

POIRSON (A.)

Histoire du règne de Henri IV. (*Ouvrage qui a obtenu deux fois le grand prix Gobert, de l'Académie française.*) Seconde édition, considérablement augmentée. 4 vol. in-8. . . . . 30 fr.

POUGEOIS (L'ABBÉ)

Vansleb, *savant orientaliste et voyageur;* sa vie, sa disgrâce, ses œuvres, 1 vol. in-8.. . . . . 7 fr.

POUJADE (EUG.)

Chrétiens et Turcs, scènes et souvenirs de la vie politique, militaire et religieuse en Orient. 1 fort vol. in-8. 6 fr.

PRELLER

Les Dieux de l'ancienne Rome. *Mythologie romaine*, trad. par M. Dietz, avec préface de M. Alf. Maury. 1 vol. in-8. . . . . 7 fr. 50

RAYNAUD (MAURICE)

Les Médecins au temps de Molière. Mœurs, Institutions, Doctr. 1 v. in-8. 6 fr

RÉAUME (EUG.).

Les Prosateurs français du XVIe siècle. 1 vol. in-8. . . . . 6 fr.

RÉMUSAT (CH. DE)

Bacon. Sa vie, son temps et sa philosophie. 1 vol. in-8.. . . . . 7 fr.

Channing : Sa vie et ses œuvres, avec préface de M. de Rémusat. 1 vol. in-8. 6 fr.

RIBOT

Philosophie de la Société. Etude sur notre organisation sociale. 1 vol. in-8. 6 fr.

RIO

De l'Art chrétien. 2e édition, considérablement augmentée. 4 vol. in-8. . . 30 fr.

ROSELLY DE LORGUES

Christophe Colomb. Sa vie et ses voyages. 3e édit. 2 vol. in-8, portr. . . 12 »

ROUGEMONT

L'Age du Bronze, ou les *Sémites en Occident*, matériaux pour servir à l'histoire de la haute antiquité. 1 vol. in-8.. 7 fr.

ROUSSET (CAMILLE)

Le Comte de Gisors, 1732-1758, étude historique. 1 vol. in-8 . . 7 fr. 50

Histoire de Louvois et de son administration politique et militaire. (*Ouvrage couronné par l'Académie française. 1er prix Gobert.*) 3e édit. 4 vol. in-8. 28 fr.

Correspondance de Louis XV et du maréchal de Noailles. 2 v. in-8. 12 fr.

P. ROUSSELOT

Les Mystiques espagnols. 2e édit. 1 vol. in-8. . . . . 7 fr. 50

SACY (S. DE)

Variétés littéraires, morales et historiques. 2e édit. 2 vol. in-8.. . . . . 14 fr.

J. BARTHÉLEMY SAINT-HILAIRE

Le Bouddha et sa religion. Nouv. édition, revue et augm. 1 vol. in-8. . 7 fr.

Mahomet et le Coran. Précédé d'une introduction sur les devoirs mutuels de la philosophie et de la religion. 1 vol. in-8. . . . . 7 fr.

L'Iliade d'Homère, trad. en vers français. 2 vol in-8. . . . . 16 fr.

SAISSET (E.)

Le Scepticisme. — Ænésidème. — Pascal. — Kant. — Études, etc 1 vol. in-8. 7 fr.

Précurseurs et Disciples de Descartes. Études d'histoire et de philosophie. 1 vol. in-8.. . . . . 7 fr.

SALVANDY (N. DE)

Histoire de Sobieski et de la Pologne. 2 vol. in-8. Nouvelle édition. . . 14 fr.

Don Alonso, ou l'Espagne; histoire contemporaine. Nouv. édit. 2 v. in-8. 14 fr.

La Révolution de 1830 et *le Parti révolutionnaire*, ou Vingt mois et leurs résultats. Nouv. édit. 1 vol. in-8. 1855. . . . . 5 fr.

SAULCY (F. DE)

Histoire de l'Art judaïque, d'après les textes sacrés et profanes. 1 vol. in-8. 7 fr
Les Campagnes de Jules César dans les Gaules. Études d'archéologie militaire. 1 vol. in-8, fig. . . . . 7 fr.

SCHILLER

Œuvres dramatiques, trad. de M. de Barante. Nouv. édit. entièrement revue, accompagnée d'une étude, de notices et de notes. 3 vol. in-8. . . . . . . 18 fr.

SCHNITZLER

Rostoptchine et Kutusof. *La Russie en* 1812. Tableau de mœurs et essai de critique historique. 1 vol. in-8. 6 fr.

SCLOPIS (F.)

Histoire de la Législation italienne, trad. par M. Ch. Sclopis. 2 v. in-8.. 10 fr.

SHAKSPEARE

Œuvres complètes, trad. de M. Guizot. Nouv. édit. revue, accomp. d'une Étude sur Shakspeare, de notices, de notes. 8 vol. in-8. . . . . 48 fr.

SOREL

Le Couvent des Carmes et le Séminaire Saint-Sulpice pendant la Terreur. 1 vol. in-8 avec pl. . . . . 7 fr.

STEENACKERS

Agnès Sorel et Charles VII; essai sur l'état moral et politique de la France au XVe siècle. 1 vol. in-8 avec un beau portrait. . . . . 7 fr. 50

DANIEL STERN

Dante et Gœthe. Dialogues. 1 vol. in-8. . . . . 6 fr.

STAAFF

Lectures choisies de littérature française depuis la formation de la langue jusqu'à nos jours. 3e édition. 2 vol. in-8. . . . . 16 fr.

THIERRY (AMÉDÉE)

Saint Jérôme. La Société chrétienne à Rome et l'émigration romaine en terre sainte. 2 vol. in-8. . . . . 15 fr.
Trois Ministres des fils de Théodose. Nouveaux Récits de l'histoire romaine. 1 volume in-8. . . . . 7 fr.
Récits de l'Histoire romaine au Ve siècle. 3e édit. 1 vol. in-8. . . . . . 7 fr.
Tableau de l'Empire romain, depuis la fondation de Rome jusqu'à la fin du gouvernement impérial en Occident. 4e édit. 1 vol. in-8. . . . . 7 fr.
Histoire d'Attila, de ses fils et de ses successeurs en Europe. Nouv. édit. revue. 2 vol. in-8. . . . . 14 fr.
Histoire des Gaulois jusqu'à la domination romaine. 6e éd. rev. 2 v. in-8. 14 fr.
Histoire de la Gaule sous la domination romaine. 4 vol. in-8. Tomes I et II en vente. Le vol. à. . . . . 7 fr.

TISSOT

L'Imagination. Ses bienfaits et ses égarements, surtout dans le domaine du merveilleux. 1 vol. in-8. 7 fr. 50
Turgot. Sa vie, son administration, ses ouvrages. (*Ouvrage couronné par l'Académie des sciences morales*.) 1 vol. in-8. . . . . 5 fr.
Les Possédées de Morzine. Broch. in-8. . . . . 1 fr.

TOPIN (MARIUS)

L'Homme au masque de fer. 1 vol. in-8. . . . . 7 fr.
L'Europe et les Bourbons sous Louis XIV. (*Ouvrage couronné par l'Académie française*. Prix Thiers.) 1 vol. in-8. . . . . 7 fr.

VILLEMAIN

Souvenirs contemporains d'Histoire et de Littérature. Première partie : M. de Narbonne, etc. 7e édit. 1 vol. in-8. . . . . 7 fr.
Souvenirs contemporains d'Histoire et de Littérature. Deuxième partie : Les Cent-Jours. 1 vol. in-8. Nouv. édit. . . . . 7 fr.

La République de Cicéron, traduite avec une introduction et des suppléments historiques. 1 vol. in-8. . . . . 6 fr.
Choix d'Études SUR LA LITTÉRATURE CONTEMPORAINE : *Rapports académiques*, Études sur *Chateaubriand*, *A. de Broglie*, *Nettement*, etc. 1 vol. in-8. . . . . . . 6 fr.
Cours de Littérature française, comprenant : *Le Tableau de la Littérature au XVIII*[e] *siècle* et le *Tableau de la Littérature au moyen âge*. Nouv. édit. 6 vol. in-8. . . . . 36 fr.
— **Tableau de la Littérature** au XVIIIe siècle. 4 vol. in-8. . . . . 24 fr.
— **Tableau de la Littérature** au moyen âge. 2 vol. in-8. . . . . 12 fr.
Tableau de l'éloquence chrétienne au IVe siècle, etc. Nouv. édit. 1 fort vol. in-8. . . . . 6 fr.
Discours et Mélanges littéraires : *Éloges de Montaigne et de Montesquieu.* — *Sur Fénelon et sur Pascal.* — *Rapports et discours académiques.* Nouv. édit. 1 vol. in-8. . . . . 6 fr.
Études de Littérature ancienne et étrangère : *Hérodote, Lucrèce, Lucain, Cicéron, Tibère et Plutarque.* — *Les romans grecs.* — *Shakspeare; Milton; Byron*, etc. Nouv. édit. 1 vol. in-8. . . . . 6 fr.
Études d'Histoire moderne : *Discours sur l'état de l'Europe au XVe siècle.* — *Lascaris.* — *Essai historique sur les Grecs.* — *Vie de l'Hôpital.* 1 vol. in-8. 6 fr.
Essais sur le génie de Pindare et la poésie lyrique, etc. 1 vol. in-8. 6 fr.

VILLEMARQUÉ (H. DE LA)

Barzaz Breiz. *Chants populaires de la Bretagne*, recueillis et annotés avec musique. 1 vol. in-8. . . . . 7 fr. 50
Le grand Mystère de Jésus. Drame breton du moyen âge, avec une Étude sur le théâtre chez les nations celtiques. 1 vol. in-8, pap. de Hollande. . . . 12 fr.
— LE MÊME, pap. ordinaire. . . . . 7 fr.
La Légende celtique et la poésie des cloîtres, etc. 1 vol. in-8. . 7 fr.
Les Bardes bretons. Poëmes du VIe siècle, traduits en français avec fac-simile. Nouv. édit. 1 vol. in-8. . . . . 7 fr.
Les Romans de la Table ronde et les Contes des anciens Bretons. Nouv. édit. 1 vol. in-8. . . . . 7 fr.
Myrdhinn ou l'Enchanteur Merlin. Son histoire, ses œuvres, son influence. 1 vol. in-8. . . . . 7 fr.

VITU (AUG.)

Histoire civile de l'armée, ou des conditions du service militaire en France avant la formation des armées permanentes. 1 vol. in-8. . . . . 7 fr.

VOLTAIRE

Lettres inédites de Voltaire, publiées par MM. DE CAYROL et FRANÇOIS, avec une Introduction par M. SAINT-MARC GIRARDIN. 2e édit. augmentée. 2 vol. in-8. **14 fr.**
Voltaire à Ferney. Correspondance inédite avec la duchesse de Saxe-Gotha, nouvelles Lettres et Notes historiques inédites, publiées par MM. EV. BAVOUX et A. FRANÇOIS. Nouv. édit. augmentée. 1 vol. in-8. . . . . 6 fr.
Voltaire et le président de Brosses. Correspondance inédite, suivie d'un Supplément à la Correspondance de Voltaire, publiée avec notes, par M. TH. FOISSET. 1 vol. in-8. . . . . 5 fr.

WIDAL

Juvénal et ses satires. Études littéraires et morales. 1 vol. in-8. . . . 7 fr.

WITT (CORNÉLIS DE)

Études sur l'histoire des États-Unis d'Amérique. 2 volumes :
— **Thomas Jefferson.** Étude historique sur la démocratie américaine. 2e édit. 1 vol. in-8, orné d'un portrait. . . . . 7 fr.
— **Histoire de Washington** *et de la fondation de la République des États-Unis*, avec une Étude par M. GUIZOT, 3e édit. 1 vol. in-8, orné de portraits et d'une carte. . . . . 7 fr.

ZELLER

Italie et Renaissance. Entretiens sur l'histoire. 1 vol. in-8. . . . 7 fr 50

EDITIONS IN-12

ARMAILLÉ (Ctesse D') NÉE DE SÉGUR

Catherine de Bourbon, sœur de Henri IV. Étude historique. 1 vol. in-12. 3 fr.

ALAUX

La Raison.—Essai sur l'avenir de la philosophie. 1 vol. in-12. . . . . . 3 fr.

AMPÈRE (J.-J.)

La Science et les Lettres en Orient. 2e édit. 1 vol. in-12. . . . . 3 fr. 50
Heures de poésie. Nouvelle édition. 1 vol. in-12. . . . . 3 fr. 50
La Grèce, Rome et Dante, études littéraires. 3e édit. 1 vol. in-12. . . 3 fr. 50
Philosophie des deux Ampère, avec Préface de M. B. Saint-Hilaire. 2e édit. 1 vol. . . . . 3 fr. 50

AUDIAT

Bernard Palissy. Étude sur sa vie et ses travaux. (*Ouvrage couronné par l'Académie française.*) 1 vol. in-12. . . . . 3 fr. 50

AUDLEY (Mme)

Beethoven, sa vie, ses œuvres. 1 vol. in-12 . . . . 3 fr

D'AZEGLIO (MASSIMO)

L'Italie de 1847 à 1865. Correspondance politique publiée par Eug. Rendu. 3e édition. 1 vol. in-12. . . . . 3 fr. 50

BADER (Mlle).

La Femme biblique, sa vie morale et sociale. 2e édit. 1 v. in-12. . . . 3 fr. 50

BABOU

Les Amoureux de Mme de Sévigné, etc. 2e édition. 1 vol. in-12. . . . 3 fr.

BAGUENAULT DE PUCHESSE

L'Immortalité. — *La mort et la vie.* 3e édit. revue. 1 vol. in-12. . . . 3 fr. 50

BAILLON (COMTE DE)

Lord Walpole à la cour de France. 1723-1730. 2e édit. 1 vol. in-12. 3 fr. 50

BARET

Les Troubadours, et leur influence sur la littérature du midi de l'Europe, 3e édition. 1 vol. in-12. 3 fr. 50

BARANTE

Histoire des ducs de Bourgogne de la maison de Valois. Nouv. édit., illustrée de vignettes. 8 vol. in-12. . . . . 24 fr.
Tableau littéraire du XVIIIe siècle. Nouv. édit. 1 vol. in-12. . . . . . 3 fr. 50
Royer-Collard. — Ses discours et ses écrits. Nouv. édit. 2 vol. in-12. . 7 fr.
Études historiques et biographiques. Nouv. édit. 2 vol. in-12. . . . . 7 fr.
Études littéraires et historiques. Nouv. édit. 2 vol. in-12. . . . . 7 fr.
Histoire de Jeanne d'Arc. *Édition populaire.* 1 vol. in-12. . . . . . . 1 fr. 25

BARTHÉLEMY (ED. DE)

Journal d'un Curé ligueur de Paris, etc. 1 vol. in-12. . . . . 3 fr.

H. BAUDRILLART

Publicistes modernes. *Young, de Maistre, M. de Biran, Ad. Smith, L. Blanc, Proudhon, Rossi, Stuart-Mill*, etc. 2e édition. 1 vol. in-12. . . . . 3 fr. 50

BAUTAIN (L'ABBÉ)

Philosophie des lois au point de vue chrétien. 3e édit. 1 vol. in-12. . 3 fr. 50
La Conscience, ou la Règle des actions humaines. 2e édit. 1 vol. in-12. 3 fr. 50

BENOIT

Chateaubriand, sa vie, ses œuvres. Étude littéraire et morale. (*Ouv. cour. par l'Académie française.*) 1 vol. in-12. . . . . 3 fr.

BERSOT (ERN.)

Morale et politique, 2e édit. 1 vol. in-12. . . . . 3 fr. 50
Essais de philosophie et de morale. 2e édit. 2 vol. in-12. . . . . . . 7 fr.

BERTAULD

La Liberté civile. Nouvelles études sur les publicistes. 2e éd. 1 v. in-12. 3 fr. 50

BEULÉ

Phidias. Drame antique. 2e édition. 1 volume in-12. . . . . 3 fr. 60
Causeries sur l'art. 2e édit. 1 vol. in-12. . . . . 3 fr. 50

BLANCHECOTTE (Mme)

Impressions d'une femme. (*Ouv. couronné par l'Acad. franç.*) 1 vol. in-12. 3 fr.

BOILLOT

L'Astronomie au XIXe siècle. Tableau des progrès de cette science depuis l'antiquité jusqu'à nos jours. 1 vol. in-12. . . . . 3 fr. 50

BONHOMME (H.)

Madame de Maintenon et sa famille. Lettres et documents inédits, avec notes, etc. 1 vol. in-12. . . . . 3 fr.

BOUCHITTÉ

Le Poussin. Sa vie et son œuvre. *Ouv. couronné par l'Acad. franç.* 2e éd. 3 fr. 50

BROGLIE (ALB. DE)

L'Église et l'Empire romain au IVe siècle. 3 part. en 6 vol. in-12. . . 21 fr

BUNSEN (C.-C. J. DE)

Dieu dans l'histoire, trad. par DIETZ, avec une notice par HENRI MARTIN. 2e éd. 4 fr.

CELLER (LUD.)

Les Origines de l'Opéra et le Ballet de la Reine, 1581, etc. 1 v. in-12 3 fr. 50

CÉNAC-MONCAUT.

Histoire du caractère de l'esprit français, depuis les temps les plus reculés jusqu'à la Renaissance. 3 vol. in-12 . . . . 10 fr. 50

CHAIGNET

Vie de Socrate. 1 vol. in-12. . . . . 3 fr.

CHASLES (PHILARÈTE)

Voyages d'un critique à travers la vie et les livres. Orient. 2e édit. 1 vol. in-12 . . . . 3 fr. 50

2e SÉRIE. — **Italie et Espagne.** 2e édit. 1 vol. in-12. . . . . 3 fr. 50

CHASLES (ÉMILE)

Michel de Cervantes. Sa Vie, son temps etc. 2e édit. 1 vol. in-12. . . 3 fr. 50

CHASSANG

Le Spiritualisme et l'idéal dans l'art et la poésie des Grecs. 2e édit. 1 v. in-12. 3 50

Apollonius de Tyane. Sa vie, ses voyages, ses prodiges par Philostrate et ses lettres, trad. du grec, avec notes, etc. 2e édit. 1 vol. in-12. . . . . 3 fr. 50

Histoire du Roman dans l'antiquité grecque et latine. (*Ouvrage couronné par l'Académie des inscriptions.*) Nouv. édit. 1 vol. in-12. . . . . . 3 fr. 50

CHESNEAU (ERNEST)

Les Nations rivales dans l'art. Peinture et Sculpture. 1 vol. in-12.. 3 fr. 50

Les Chefs d'école. — La Peinture au XIXe siècle. 1 vol. . . . . 3 fr. 50

L'Art et les Artistes modernes en France et en Angleterre. 1 v. in-12.. . 3 fr.

CLÉMENT (PIERRE)

Madame de Montespan. 2e édition. 1 vol. in-12. . . . . 3 fr. 50

L'Italie en 1671. Relation du marquis de Seignelay, précédée d'une Étude historique. 1 vol. in-12.. . . . . 3 fr.

La Police sous Louis XIV. 2e édition. 1 vol. in-12. . . . . 3 fr. 50

Jacques Cœur et Charles VII. Étude historique. etc. (*Ouv. couronné par l'Acad. française.*) Nouv. édit. 1 fort vol. in-12. . . . . 4 fr.

Enguerrand de Marigny, *Beaune de Semblançay, le Chevalier de Rohan.* Épisodes de l'histoire de France. 2e édit. 1 vol. in-12. . . . . 3 fr.

CLÉMENT DE RIS

Critiques d'art et de littérature. 1 vol. in-12.. . . . . 3 fr.

CLÉMENT (CHARLES)

Géricault. Étude biographique et critique. 2e édit. 1 vol. in-12. . . . . 3 fr. 50

COSSOLLES (H. DE)

Du Doute. 1 vol. in-12.. . . . . 3 fr. 50

COUSIN (V.)

La Société française au XVIIe siècle, d'après le *Grand Cyrus* de Mlle Scudéry. Nouv. édit. 2 vol. in-12.. 7 fr.

Madame de Sablé 3e édit. 1 vol. in-12.. . . . . 3 fr. 50

La Jeunesse de madame de Longueville. 5e édition. 1 vol. in-12. 3 fr. 50

Madame de Longueville pendant la Fronde. 3e édit. 1 vol. in-12. . 3 fr. 50

Jacqueline Pascal. Premières études, etc. 5e édit. 1 vol. in-12. . . . 3 fr. 50

Madame de Chevreuse. 4e édition. 1 vol. in-12.. . . . . 3 fr. 50

Madame de Hautefort. 3e édit. 1 vol. in-12.. . . . . 3 fr. 50

Premiers essais de philosophie. (Cours de 1815.) Nouv. édit. 1 v. in-12. 3 fr. 50

Philosophie sensualiste du XVIIIe siècle. Nouv. édit. 1 vol. in-12. 3 fr. 50

Introduction à l'histoire de la Philosophie. (Cours de 1828.) 1 v. in-12. 3 fr. 50

Histoire générale de la Philosophie, depuis les temps les plus anciens jusqu'au XIXe siècle. Nouvelle édition, 1 vol. in-12.. . . . . 4 fr.

Philosophie de Locke. (Cours de 1830.) Nouv. édit. 1 vol. in-12. . . 3 fr. 50

COUSIN (*suite*).

Du Vrai, du Beau et du Bien. 14e édition. 1 vol. in-12. . . . . . . 3 fr. 50

Des Principes de la Révolution française et *du Gouvernement représentatif* suivis des *Discours politiques*. Nouv. édit. 1 vol. in-12. . . . . 3 fr. 50

CRAVEN (Mme AUG.)

Récit d'une sœur, souvenirs de famille. (*Ouv. couronné par l'Académie française.*) 21e édit. 2 vol. in-12. . . . . 8 fr.

Anne Séverin. 8e édit. 1 vol. in-12. . . . . 4 fr.

Adélaïde Capece Minutolo, 2e édit. 1 vol. in-12 . . . . 2 fr.

DANTIER

Les Monastères bénédictins d'Italie. Souvenirs, etc. (*Ouv. couronné par l'Académie française.*) 2e édition. 2 vol. in-12. . . . . 8 fr.

DAREMBERG

La Médecine. — *Histoire et doctrines.* (*Ouv. couronné par l'Académie française.*) 2e édit. 1 vol. in-12. . . . . 3 fr. 50

DE BROSSES (LE PRÉSIDENT)

Le Président de Brosses en Italie. Lettres familières écrites d'Italie, en 1739 et 1740. 3e édit. 2 vol. in-12. . . . . 7 fr.

DELAVIGNE (CASIMIR)

Œuvres. Théâtre et Poésies. 4 vol. in-12. . . . . 14 fr.

DELÉCLUZE (E. J.)

Louis David. Son école et son temps. Souvenirs. Nouv. éd. 1 vol. in-12. 3 fr. 50

DESJARDINS (ARTHUR)

Les Devoirs. — Essai sur la morale de Cicéron. (*Ouvrage couronné par l'Institut.*) 1 vol. in-12. . . . . 3 fr. 50

DESJARDINS (ERNEST)

Le Grand Corneille historien. Nouv. édit. 1 vol. in-12. . . . . 3 fr.

DIONYS

L'Ame. Son existence, ses manifestations. 1 vol. in-12 . . . . 3 fr. 50

DU CAMP (MAXIME)

Orient et Italie, souvenirs de voyages et de lectures. 1 vol. in-12. . . 3 fr. 50

ERNOUF (BARON)

Le Général Kléber. Mayence, Vendée, Allemagne, Égypte. 1 vol. . . . . 3 fr.

FALLOUX (Cte DE)

Correspondance du R. P. Lacordaire et de Mme Swetchine. 4e édition, 1 vol. in-12. . . . . 4 fr.

Madame Swetchine. *Sa vie et ses œuvres.* Nouv. édit. 2 vol. in-12, ornés d'un portrait. . . . . 8 fr.

Madame Swetchine. *Lettres inédites.* 2e édit. 1 vol. in-12. . . . . . 3 fr. 50

Louis XVI, 4e édit. 1 vol. in-12. . . . . 3 fr. 50

FEILLET (ALPH.)

La Misère au temps de la Fronde et saint Vincent de Paul. 5e édit. revue 1 vol. in-12 . . . . 3 fr. 50

FÉNELON

Aventures de Télémaque et d'Aristonoüs, précédées d'une Étude par M. Villemain. Nouv. édit., ornée de 24 vignettes. 1 vol. in-12. . . . . 3 fr.

FERRARI

La Chine et l'Europe. Leur histoire et leurs traditions comparées. 2e édit., 1 fort vol. in-12. . . . . 4 fr.

FERRAZ

Philosophie du devoir. (*Ouv. couronné par l'Acad. franç.*), 2e éd. 1 vol. 3 fr. 50

FEUGÈRE (LÉON)

Caractères et Portraits littéraires du XVIe siècle. 2 vol. in-12. . . . 7 fr.

Les Femmes poëtes du XVIe siècle, etc. 1 vol. in-12. . . . . 3 fr. 50

FLAMMARION

Sir Humphry Davy. *Les derniers jours d'un philosophe.* Ouv. traduit de l'anglais et annoté par C. Flammarion. 1 vol. in-12 . . . . 3 fr. 50

Dieu dans la nature. Philosophie des sciences et réfutation du matérialisme. 5e édit. 1 fort vol. avec portrait. . . . . 4 fr.

La Pluralité des mondes habités, au point de vue de l'astronomie, de la physiologie et de la philosophie naturelle. 13e édit. 1 fort vol. in-12, fig. . 3 fr. 50

Les Mondes imaginaires et les Mondes réels. Voyage astronomique pittoresque et Revue critique des théories humaines sur les habitants des astres. 7e édit. 1 vol. in-12. Fig. . . . . 3 fr. 50

FLEURY (ED.)

Saint-Just et la Terreur. Étude sur la Révolution. 2 vol. in-12. . . . . 6 fr.

FOURNEL (VICTOR)

La Littérature indépendante et les Écrivains oubliés. Essais de critique et d'érudition sur le XVIIe siècle. 1 vol. in-12. . . . . 3 fr. 50

FRANCK

Philosophie et Religion. 2e édit. 1 vol. in-12. . . . . 3 fr. 50

GALITZIN (LE PRINCE AUG.)

La Russie au XVIIIe siècle. Mémoires inédits sur Pierre le Grand, Catherine Ire et Pierre III. 2e édition. 1 vol. in-12. . . . . 3 fr. 50

GANDAR

Bossuet orateur. (*Ouvrage couronné par l'Académie française.*) 2e édition. 1 vol. . . . . 3 fr. 50

Choix de Sermons de la jeunesse de Bossuet. 2e édition. 1 vol. . 3 fr. 50

GARCIN (EUG.)

Les Français du Nord et du Midi. 2e édit. 1 vol. in-12. . . . . 3 fr. 50

GEFFROY

Gustave III et la Cour de France. (*Ouvrage couronné par l'Académie française.*) 2e édit. 2 vol. in-12, ornés de portraits et fac-simile. . . . . 8 fr.

GERMOND DE LAVIGNE

Le Don Quichotte de F. Avellaneda. Trad. avec notes. 1 vol. in-12. . . 3 fr.

GÉRUZEZ

Histoire de la Littérature française depuis ses origines jusqu'à la Révolution. (*Ouv. cour. par l'Académie française, 1er prix Gobert.*) 7e éd. 2 vol. in-12. . . 7 fr.

SAINT-MARC GIRARDIN

La Syrie en 1861. Condition des Chrétiens en Orient. 1 vol. in-12. . . 3 fr.

Tableau de la littérature française au XVIe siècle. 3e édit. 1 v. in-12. 3 fr. 50

GOBINEAU (Cte DE).

Les Religions et les Philosophies dans l'Asie centrale. 2e édition. 1 vol. in-12. . . . . 4 fr.

GONCOURT (E. ET J. DE)

Histoire de la société française pendant la Révolution et pendant le Directoire. Nouvelle édition. 2 vol. in-12. . . . . 7 fr.

GRUN

Pensées des divers âges de la vie. Nouv. édit. 1 vol. in-12 . . . . 3 fr.

GUADET

Les Girondins. Leur vie privée, leur vie publique, leur proscription et leur mort. 2e édit. 2 vol. in-12. . . . . 7 fr.

GUIZOT

Histoire de la Révolution d'Angleterre, depuis l'avénement de Charles Ier jusqu'au rétablissement des Stuarts (1625-1660). 6 vol. in-12, en trois parties. 21 fr.

Monk. Chute de la République, etc. Étude historique. 1 vol. in-12. 3 fr. 50

Portraits politiques des hommes des divers partis : *Parlementaires, Cavaliers, Républicains, Niveleurs;* études historiques. 1 vol. in-12. . . . . 3 fr. 50

Sir Robert Peel. Étude d'histoire contemporaine, augmentée de documents inédits. 1 vol. in-12. . . . . 3 fr. 50

Essais sur l'Histoire de France, etc. Nouv. édit. 1 vol. in-12. . . 3 fr. 50

Histoire de la civilisation en Europe et en France, depuis la chute de l'Empire romain, etc. 10e édit. 5 vol. in-12. . . . . 17 fr. 50

Corneille et son temps. Étude littéraire suivie d'un *Essai sur Chapelain, Rotrou et Scarron,* etc. Nouv. édit. 1 vol. in-12. . . . . 3 fr. 50

Méditations et Études morales. Nouv. édit. 1 vol. in-12. . . . . . 3 fr. 50

Études sur les Beaux-Arts en général. Nouv. édit. 1 vol. in-12. . . 3 fr. 50

Discours académiques, suivis des *Discours prononcés au Concours général de l'Université et devant diverses Sociétés religieuses,* etc. 1 vol. in-12. . 3 fr. 50

Abailard et Héloïse. Essai historique par M. et Mme GUIZOT, suivi des *Lettres d'Abailard et d'Héloïse,* trad. par M. Oddoul. Nouv. édit. 1 vol. in-12.. 3 fr. 50

Histoire de Washington, par M. C. DE WITT, avec une Introduction par M. GUIZOT. Nouv. édit. 1 vol. in-12, avec carte.. . . . . 3 fr. 50

Grégoire de Tours et Frédégaire. — HISTOIRE DES FRANCS ET CHRONIQUE, trad. Nouv. édit. revue et augmentée de la *Géographie de Grégoire de Tours et de Frédégaire,* par M. ALFRED JACOBS. 2 vol. in-12. . . . . 7 fr.

Cet ouvrage est autorisé pour les Écoles publiques par décision de Son Exc. le ministre de l'Instruction publique.

GUIZOT (*Suite*).

Shakspeare. Œuvres complètes. 8 vol. in-12, à . . . . 3 fr. 50

GUIZOT (GUILLAUME)

Ménandre. Étude historique et littéraire sur la Comédie et la Société grecques. (*Ouvrage couronné par l'Académie française.*) 1 vol. in-12 avec portrait.. 3 fr. 50

EUGÉNIE DE GUÉRIN

Journal et Fragments, publiés par TREBUTIEN. (*Ouvrage couronné par l'Académie française.*) 21e édition. 1 vol. in-12. . . . . 3 fr. 50

Lettres d'Eugénie de Guérin. 14e édit. 1 vol. in-12. . . . . 3 fr. 50

Étude sur Eugénie de Guérin par AUG. NICOLAS. Broch. in-12. . . . . 50 c.

MAURICE DE GUÉRIN

Journal, Lettres et Fragments, publiés par TREBUTIEN, avec une Étude par M. SAINTE-BEUVE. 11e édition. 1 vol. in-12. . . . . 3 fr. 50

HOMMAIRE DE HELL (Mme)

Les Steppes de la mer Caspienne. 2e édition. 1 volume in-12. . . . . 3 fr. 50

HOUSSAYE (ARSÈNE)

Les Charmettes. — *J. J. Rousseau et Madame de Warens.* Nouvelle édition. 1 vol. in-12, portrait. . . . . 3 fr. 50

HOUSSAYE (HENRY)

Histoire d'Apelles. Etudes sur l'art grec. 3e édit. 1 vol. in-12.. . . . 3 fr. 50

HUREL (ABBÉ)

L'Art religieux contemporain. Étude critique. 2e édition. 1 vol. in-12. 3 fr. 50

JACQUINET

Tableau du Monde physique. Excursions à travers la science. 1 v. in-12. 2 fr. 50

JACOBS (ALFRED)

L'Afrique nouvelle. — Récents voyages. — État moral, intellectuel et social dans le continent noir. 1 vol. in-12 avec Carte. . . . . 3 fr. 50

J. JANIN

La Poésie et l'Éloquence à Rome au temps des Césars. Nouvelle édition. 1 vol. in-12.. . . . . 3 fr. 50

JANOLIN (CH.).

L'Aïeul. Du but et des principales carrières de la vie. 1 vol. in-12. . . . . 3 fr.

JOUBERT

Pensées, précédées de sa Correspondance, d'une notice par M. P. DE RAYNAL, et de jugements littéraires par MM. SAINTE-BEUVE, SAINT-MARC GIRARDIN, DE SACY, GÉRUZEZ et POITOU. Nouv. édit. 2 vol. in-12. . . . . 7 fr.

JOULIN (Dr)

Les Causeries du Docteur. 2e édit. augmentée. 1 vol. in-12. . . . . . 3 fr

JOUSSERANDOT

La Civilisation moderne. 2e édit. 1 vol. in-12. . . . . 3 fr. 50

JULIEN (STANISLAS)

Yu-kiao-li. — *Les Deux cousines,* — roman chinois. 2 vol. in-12.. . . . . 7 fr.

Les Deux jeunes filles lettrées. Roman traduit du chinois. 2 vol. in-12. 7 fr.

LAGRANGE (Mlle DE)

Laurette de Malboissière. Correspondance d'une jeune fille du temps Louis XIV. 1 vol. in-12. . . . . 3 fr.

LAGRANGE (LÉON)

Pierre Puget, peintre, sculpteur, etc. 2e édit. 1 vol, in-12. . . . . . 3 fr. 50

Joseph Vernet et la Peinture au XVIIIe siècle. 2e édit. 1 vol. in-12. . . 3 fr. 50

LA MENNAIS

Dante. *La Divine Comédie.* Trad. avec une introd. et des notes. Nouvelle édition. 2 vol. in-12. . . . . 7 fr.

Correspondance inédite de La Mennais, publiée par M. Forgues. Nouvelle édition. 2 vol. in-12. . . . . 7 fr.

LA MORVONNAIS

La Thébaïde des Grèves. — *Reflets de Bretagne.* — Suivis de poésies posthumes. Nouvelle édition. 1 vol. in-12. . . . . 3 fr. 50

LANNAU-ROLLAND

Michel-Ange et Vittoria Colonna. Étude suivie de la traduct. complète des poésies de Michel-Ange. Nouv. édit. 1 vol. in-12. . . . . 3 fr.

LA PILORGERIE (J. DE)

Campagne et Bulletins de la grande armée d'Italie commandée par Charles VIII, d'après des documents rares ou inédits. 1 vol. in-12. . . . . . 3 fr. 50

LAPRADE (VICTOR DE)

Pernette, poëme, 5e édit., 1 vol. in-12. . . . . 3 fr. 50
Le Sentiment de la nature avant le christianisme. 2e édit. 1 vol. in-12. 3 fr. 50
Le Sentiment de la nature chez les modernes. 2e édit. 1 vol. in-12. . . 3 fr. 50
Questions d'Art et de Morale. Nouv. édit. 1 vol. in-12. . . . . 3 fr. 50

LA TOUR (ANT. DE)

Espagne. Traditions, Mœurs et littérature. 1 volume in-12. . . . . . . 3f

LE BLANT (ED.)

Manuel d'Épigraphie chrétienne. d'après les marbres de la Gaule. 1 vol. in-12. . . . . 3 fr.

LEBRUN (PIERRE)

Œuvres poétiques et dramatiques. Nouv. édit. 4 vol. in-12. . . . . . 14 fr.

LEGOUVÉ

Histoire morale des Femmes. 5e édition. 1 vol. in-12. . . . . 3 fr. 50
Édith de Falsen, etc. 7e édit. 1 vol. in-12. . . . . 3 fr.

LÉLUT

Physiologie de la pensée. Recherche critique des rapports du corps à l'esprit. Nouv. édit. 2 vol. in-12. . . . . 7 fr.

LEMOINE (ALBERT)

L'Ame et le Corps. Études de philosophie morale et natur. 1 vol. in-12. 3 fr. 50
L'Aliéné devant la philosophie, la morale et la société. 2e édit. 1 vol. in-12. 3 fr. 50

LE MONNIER (L'ABBÉ)

Rosa Ferrucci. Sa vie et ses lettres, publiées par sa mère, trad. de l'italien. 1 vol. in-16. . . . . 3 fr.

LENORMANT (Mme)

Quatre Femmes au temps de la Révolution. (*Ouvrage couronné par l'Académie française.*) 1 vol. in-12. . . . . 3 fr. 50

LENORMANT (FR.)

Turcs et Monténégrins. 1 vol. in-12. . . . . 3 fr. 50

LÉPINOIS (H. DE)

Le Gouvernement des papes et les révolutions dans les États de l'Église. 2e édit. 1 vol. in-12. . . . . 3 fr. 50

J. LEVALLOIS

Critique militante. Études de philosophie littéraire. 1 vol. in-12. . . . . 3 fr.

LÉVY BING

Méditations religieuses. 1 vol. in-12. . . . . 3 fr. 50

LITTRÉ

Histoire de la langue française. 5e édit. 2 vol. in-12. . . . . 7 fr.
Études sur les Barbares et le moyen âge. 2e édit. 1 vol. in-12. . 3 fr. 50

LIVET (CH. L.)

Précieux et Précieuses. Caractères du XVIIe siècle. 2e édit. 1 v. in-12. 3 fr. 50

LUCAS

Le Procès du matérialisme. Étude philosophique. 1 vol. in-12. . . . . 3 fr.

MARGERIE (A. DE)

Théodicée. Études sur Dieu, la Providence, la Création. 2e édit. (*Ouvrage couronné par l'Académie française.*) 2 vol. in-12. . . . . 7 fr.

MARMIER (XAV.)

Souvenirs d'un voyageur. 1 vol. in-12. . . . . 3 fr. 50

MARTIN (TH. HENRY)

Les Sciences et la Philosophie. Essais de critique philosophique et religieuse. 1 fort vol. in-12. . . . . 4 fr.
Galilée. Les droits de la science et la méthode des sciences physiques. 1 vol. in-12. . . . . 3 fr. 50
La Foudre, l'Électricité et le Magnétisme chez les anciens. 1 v. in-12. 3 fr. 50

MARY *** (Dr)

Le Christianisme et le Libre Examen. Discussion critique des arguments apologétiques. 2e édition. 2 vol. in-12. . . . . 7 fr. »

MATTER

Le Mysticisme au temps de Fénelon. 2e édit. 1 vol. in-12. . . . . 3 fr. 50
Saint-Martin, le Philosophe inconnu, etc. 2e édition. 1 vol. in-12. . . 3 fr. 50
Swedenborg, sa vie, sa doctrine, etc. 2e édition. 1 vol. in-12. . . . . 3 fr. 50

MATHIEU

Histoire des Convulsionnaires de St-Médard. 1 v. in-12. . . . . . 3 fr.

MAURY (ALFRED)

Les Académies d'autrefois. 2 vol. in-12.
— *L'ancienne Académie des sciences.* 2e édition. 1 vol. in-12. . . . . . 3 fr. 50
— *L'ancienne Académie des inscriptions et belles-lettres.* 1 v. in-12. 3 fr. 50
Croyances et légendes de l'antiquité. 2e édition. 1 vol. in-12. . . . 3 fr. 50
La Magie et l'Astrologie dans l'antiquité et au moyen âge. 3e éd. 1 v. in-12. 3 fr. 50
Le Sommeil et les Rêves. 3e édit. revue et augm. 1 vol. in-12. 3 fr. 50

MAZADE (CH. DE)

Les Révolutions de l'Espagne contemporaine. 1 vol. in-12. . . . 3 fr. 50

MEAUX (VICOMTE DE)

La Révolution et l'Empire, 1798-1815. Étude d'histoire politique. 2e édit. 1 vol. in-12. . . . . 3 fr. 50

MENARD

La Sculpture ancienne et moderne. (*Ouvr. cour. par l'Acad. des Beaux-Arts.*) 2e édition. 1 volume in-12. . . . . 3 fr. 50
Tableau historique des Beaux-Arts, depuis la Renaissance. (*Ouvr. cour. par l'Acad. des Beaux-Arts.*) 2e édition. 1 vol. in-12. . . . . 3 fr. 50
Hermès Trismégiste, traduction et étude. 2e édition. 1 vol. in-12. . 3 fr. 50

MENNESSIER-NODIER (Mme)

Charles Nodier. Épisodes et souvenirs de sa vie. 1 vol. in-12. . . . . 3 fr. 50

MERCIER DE LACOMBE (CH.)

Henri IV et sa politique (*Ouvrage couronné par l'Académie française, 2e prix Gobert.*) Nouv. édit. 1 vol. in-12. . . . . 3 fr. 50

MERLET (G.)

Portraits d'hier et d'aujourd'hui. 4 séries. — 1o *Réalistes et Fantaisistes.* 1 vol. — 2e *Attiques et Humoristes.* 1 vol. — 3o *Femmes et livres.* 1 vol. — 4o *Hommes et livres.* 1 vol. — 4 vol. à. . . . . 3 fr.

MÉZIERES

La Société française. — Études morales sur le temps présent. In-12. 1 fr. 25
Pétrarque. Étude d'après de nouveaux documents. (*Ouvrage couronné par l'Académie française.*) 1 vol. in-12. . . . . 3 fr. 50

MICHAUD (L'ABBÉ)

Guillaume de Champeaux et les écoles de Paris au XIIe siéc. 2e éd. 1 vol. in-12. 3 fr. 50

MIGNET

Éloges historiques, faisant suite aux *Portraits et Notices.* 1 v. in-12. 3 fr. 50
Charles-Quint, son abdication, son séjour et sa mort au monastère de Yuste. 7e édit. 1 vol. in-12. . . . . 3 fr. 50
Histoire de la Révolution française depuis 1789 jusqu'à 1814. 9e édit. 2 vol. in-12. . . . . 7 fr. »

MOLAND (LOUIS)

Les Méprises. Comédies de la Renaissance racontées. 1 vol. in-12. . . 3 fr. 50
Molière et la Comédie italienne. 2e édition. 1 joli vol. illustré de 20 types du théâtre italien. . . . . 4 fr. »
Origines littéraires de la France. 2e édit. 1 vol. in-12. . . . . . 3 fr. 50

MONTALEMBERT

De l'Avenir politique de l'Angleterre. 6e édit. augmentée. 1 v. in-12. 3 fr. 50

MOUY (CH. DE)

Don Carlos et Philippe II (*ouvrage couronné par l'Académie française*). 1 vol. in-12. . . . . 3 fr. 50

NIGHTINGALE (MISS)

Des Soins à donner aux malades, etc. Trad. de l'anglais avec une lettre de M. Guizot et une Introduction par le Dr Daremberg. 1 vol. in-12. . . . . . 3 fr.

NOURRISSON (F.)

Tableau des progrès de la pensée humaine depuis Thalès jusqu'à Hegel. 4e édit. augm. 1 vol. in-12. . . . . 4 fr.
Philosophie de saint Augustin (*ouvrage couronné par l'Institut*). 2e édition 2 vol. in-12. . . . . 7 fr.
La Politique de Bossuet. 1 vol. in-12. . . . . 3 fr.
Spinosa et le Naturalisme contemporain. 1 vol. in-12. . . . . . . 3 fr.
Portraits et Études. Histoire et Philosophie. Nouv. édit. 1 vol. in-12. . . . 3 fr.

D'ORTIGUE (J.)

La Musique à l'église. Philosophie, littérat., critique music. 1 v. in 12. 3 fr. 50

PAGANEL

Histoire de Scanderbeg. Nouv. édit. 1 vol. in-12 . . . . 3 fr. 50

PELLISSIER

La Langue française depuis son origine jusqu'à nos jours; tableau historique de sa formation et de ses progrès. 1 vol. in-12.. . . . . 3 fr

PENQUER (Mme)

Les Chants du foyer. Poésies. 2e édition. 1 vol. in-12. . . . . 3 fr. 50
Révélations poétiques. 2e édit. 1 vol. in-12. . . . . 3 fr. 50

PEZZANI (A.)

La Pluralité des existences de l'âme conforme à la doctrine de la Pluralité des Mondes; opinions des philosophes anciens et modernes. 4e éd. 1 v. in-12. 3 fr. 50

PIERRON (ALEXIS)

Voltaire et ses Maîtres. Épisode de l'histoire des humanités en France. 1 volume in-12. . . . . 3 fr.

POIRSON (AUG.)

Histoire du règne de Henri IV. Nouv. édit. 4 vol. in-12. . . . . . . 16 fr.

PRELLER

Les Dieux de l'ancienne Rome.— Mythologie romaine, traduction par L. Dietz, avec préface de M. Alf. Maury. 2e édition. 1 fort vol. in-12.. . . . 4 fr.

PUYMAIGRE (TH. DE)

Les vieux Auteurs castillans. 2 vol. in-12. . . . . 7 fr.
Chants populaires recueillis dans le pays messin, mis en ordre et annotés. 1 fort vol. in-12. . . . . 4 fr.

RAYNAUD (M.)

Les Médecins au temps de Molière. — Mœurs. — Institutions. — Doctrines Nouv. édition. 1 vol. in-12.. . . . . 3 fr. 50

RÉMUSAT (CH. DE)

Saint Anselme de Cantorbéry. 2e édition. 1 volume in-12. . . . . . . 3 fr. 50
Bacon. Sa vie, son temps et sa philosophie. 1 vol. in-12. . . . . 3 fr. 50
L'Angleterre au XVIIIe siècle. Études et Portraits pour servir à l'histoire politique de l'Angleterre. 2 vol. in-12. . . . . 7 fr. »
Critiques et Études littéraires. Nouv. édition. 2 vol. in-12.. . . . . 7 fr. »

★ ★ ★

Channing. Sa vie et ses œuvres, préface de M. de Rémusat. 1 vol. in-12. 3 fr. 50
La Vie de village en Angleterre, ou Souvenirs d'un exilé. 1 v. in-12. 3 fr. 50

ROBERT (AUG.)

La Parole et l'Épée. Épisodes dramatiques de la Réforme en Allemagne. 1521-1525. 1 vol. in-12. . . . . 3 fr. 50

RONDELET (ANT.)

Le danger de plaire, etc. Nouvelles. 1 vol. in-12. . . . . 3 fr
Le Lendemain du mariage. 2e édition. 1 vol. in-12. . . . . 3 fr
La Morale de la richesse. 1 vol. in-12. . . . . 3 fr. 50
Du Spiritualisme en économie politique. (*Ouvrage couronné par l'Académie des sciences morales.*) 2e édit. 1 vol. in-12. . . . . 3 fr. 50
Mémoires d'Antoine, ou notions populaires de morale et d'économie politique. (*Ouvrage couronné par l'Académie française.*) Nouvelle édition. 1 vol. in-12. 2 fr.

ROUSSET (C.)

Le Comte de Gisors. Étude historique. 2e édition. 1 volume in-12. . . 3 fr. 50
Histoire de Louvois et de son administration, etc. (*Ouvrage couronné par l'Académie française, 1er prix Gobert.*) Nouvelle édition. 4 vol. in-12. . 14 fr.

SAISSET

Descartes, ses Précurseurs, ses Disciples. 2e édition. 1 vol. in-12. 3 fr. 50
Le Scepticisme. Ænésidème, Pascal, Kant, etc. 2e édit. 1 vol. in-12. 3 fr. 50

SACY (S. DE)

Variétés littéraires, morales et historiques. Nouv. édit. 2 vol. in-12.... 7 fr.

SAINTE-AULAIRE (Mme DE)

La Chanson d'Antioche, composée par Richard le Pèlerin, etc. trad. 1 vol. in-12. . . . . 3 fr.

SAINT-HILAIRE (BARTH.)

Le Bouddha et sa religion. 3e édit. revue et corrigée. 1 vol. in-12. . 3 fr. 50

Mahomet et le Coran, précédé d'une Introduction sur les devoirs mutuels de la religion et de la philosophie. 2e édit. 1 vol. in-12. . . . . 3 fr. 50

SALVANDY

Don Alonso, ou l'Espagne. Histoire contemporaine. Nouv. édit. 2 vol. in-12. 7 fr.

SCHILLER

Œuvres dramatiques complètes. Traduction de M. de Barante, revue par M. de Suckau. 3 vol. in-12.. . . . . 10 fr. 50

SCHNITZLER

La Russie en 1812. — *Rostoptchine et Kutusof.* Nouv. édit. 1 vol. in-12.. . 3 fr.

SÉGUR

Histoire universelle. Ouv. adopté par l'Université. 8e édit. 6 vol. in-12. 18 fr.

— **Histoire ancienne** Nouv. édit. 2 vol. in-12. . . . . 6 fr.

— **Histoire romaine**. Nouv. édit. 2 vol. in-12. . . . . 6 fr.

— **Histoire du Bas-Empire**. Nouv. édit. 2 vol. in-12. . . . . 6 fr.

Galerie morale, avec une notice par M. Sainte-Beuve. 1 vol. in-12.. . . 3 fr.

SELDEN (CAMILLE)

L'Esprit moderne en Allemagne. 1 vol. in-12. . . . . 3 fr. 50

SHAKSPEARE

Œuvres complètes. Traduction de M. Guizot. 8 vol. in-12 . . . . 28 fr.

SAINT-RENÉ TAILLANDIER

Bohême et Hongrie. Tchèques et Magyars, etc., 2e édit. 1 vol. in-12. . 3 fr. 50

ALEX. SOREL

Le Couvent des Carmes et le Séminaire Saint-Sulpice pendant la Terreur. 2e édit. 1 vol. in-12 avec figures. . . . . 3 fr. 50

THIERRY (AMÉDÉE)

Histoire d'Attila et de ses successeurs en Europe. 3e édit. 2 vol. in-12. 7 fr.

Tableau de l'Empire romain, depuis la fondation de Rome, etc. Nouv. édit. 1 vol. in-12. . . . . 3 fr. 50

Récits de l'Histoire romaine au Ve siècle. Derniers temps de l'empire d'Occident. Nouv. édit. 1 vol. in-12. . . . . 3 fr. 50

Histoire des Gaulois depuis les temps les plus reculés jusqu'à l'entière domination romaine. Nouv. édit. 2 vol. in-12. . . . . 7 fr.

THURET (Mme)

Belle-mère et belle-fille . 1 vol. in-12. . . . . 3 fr.

TOPIN (MARIUS)

L'Europe et les Bourbons sous Louis XIV. (*Ouvrage couronné par l'Académie française : Prix Thiers.*) — 2e édit. 1 vol. in-12. . . . . . . 3 fr. 50

VILLEMAIN

La République de Cicéron, traduite et accompagnée d'une Introduction et de Suppléments historiques. 1 vol. in-12.. . . . . 3 fr. 50

Choix d'Études sur la littérature contemporaine : *Rapports académiques. Études sur Chateaubriand, A. de Broglie, Nettement*, etc. 1 vol. in-12. . . . . . 3 fr. 50

Cours de Littérature française, comprenant : le *Tableau de la Littérature au XVIIIe siècle* et le *Tableau de la Littérature au moyen âge*. Nouvelle édition. 6 vol. in-12. . . . . 21 fr.

VILLEMAIN (*suite*).

— Tableau de la Littérature au XVIIIe siècle. 4 vol. in-12. . . . . 14 fr.
— Tableau de la Littérature au moyen âge. 2 vol. in-12. . . . . . . 7 fr.
Tableau de l'Éloquence chrétienne au IVe siècle, etc. Nouvelle édition. 1 fort vol. in-12. . . . . 3 fr. 50
Discours et Mélanges littéraires : *Éloges de Montaigne et de Montesquieu.* — *Rapports et Discours académiques.* Nouv. édit. 1 vol. in-12. . . . . . . 3 fr. 50
Études de Littérature ancienne et étrangère : Nouvelle édition. 1 vol. in-12. . . . . 3 fr. 50
Études d'Histoire moderne : *Discours sur l'état de l'Europe au XVe siècle.* — *Lascaris.* — *Essai historique sur les Grecs.* — *Vie de L'Hôpital.* Nouv. édit. 1 vol. in-12. . . . . 3 fr. 50
Souvenirs contemporains d'Histoire et de Littérature. 2 vol. in-12. . 7 fr. 50
— Première partie : **M. de Narbonne**, etc. Nouv. édit. 1 vol. in-12.. . 3 fr. 50
— Deuxième partie : **Les Cent-Jours**. Nouv. édit. 1 vol. in-12. . . . . 3 fr. 50

VILLEMARQUÉ (H. DE LA)

Barzaz Breiz. Chants populaires de la Bretagne, recueillis et annotés 7e édit. (*Ouvrage couronné par l'Académie française.*) 1 vol. in-12 avec musique. . . . . 4 fr.
Le Grand Mystère de Jésus, drame breton du moyen âge, avec une Étude sur le théâtre celtique. 2e édit. 1 vol. in-12 . . . . 3 fr. 50
La Légende celtique et la Poésie des Cloîtres bretons. Nouvelle édition. 1 vol. in-12. . . . . 3 fr. 50
L'Enchanteur Merlin (Myrdhinn). Son histoire, ses œuvres, son influence. Nouv. édit. 1 vol. in-12.. . . . . 3 fr. 50

WITT (C. DE)

Études sur l'histoire des États-Unis d'Amérique. 2 vol. in-12.. . . 7 fr.
— Histoire de Washington *et de la fondation de la République des États-Unis*, avec une Etude par M. GUIZOT. Nouv. édit. 1 vol. in-12 avec carte.. . . 3 fr. 50
— Thomas Jefferson. *Étude sur la démocratie américaine.* Nouvelle édition. 1 vol. in-12. . . . . 3 fr. 50

ZELLER

Les Empereurs romains. Caractères et portraits historiques. 2e édition. 1 vol. in-12.. . . . . 3 fr. 50
Entretiens sur l'histoire. — Antiquité et moyen âge. 1 vol. in-12. . 3 fr. 50
Entretiens sur l'histoire. — Moyen âge. 1 vol. in-12. . . . . 3 fr. 50
Entretiens sur l'histoire. — Italie et Renaissance. 1 fort vol.. . . . . 4 fr.

COLLECTION POUR LES BIBLIOTHÈQUES POPULAIRES
à 1 fr. 25 le volume

Vie de Franklin, par MIGNET. 1 vol. in-12.
Shakspeare et son temps, par GUIZOT. 1 vol. in-12.
Le cardinal de Bérulle, par NOURRISSON. 1 vol. in-12.
La Société française, par MÉZIÈRES. 1 vol. in-12.
L'éducation homicide, par V. DE LAPRADE. 1 vol. in-12.
Le Baccalauréat et les études classiques, par V. DE LAPRADE. 1 vol. in-12.

Sous presse : **Copernic**, par FLAMMARION ; **Sully**, par LEGOUVÉ ; **L'Hospital**, par VILLEMAIN.

Tableau du Monde physique. Excursions à travers la science, par N. JACQUINET. Nouvelle édition revue. 1 vol. in-12 . . . . 2 fr. 50

VERGANI

Grammaire italienne en 20 leçons, revue par MORRETTI et augmentée par BRUNETTI. Nouvelle édition. 1 vol. in-12.. . . . . 1 fr.

BIBLIOTHÈQUE D'ÉDUCATION MORALE

Première série à 3 fr. le vol. broché

Mme LA PRINCESSE DE BROGLIE

Les Vertus chrétiennes. — Les Vertus théologales et les Commandements de Dieu. Ouvrage approuvé par Mgr l'Archevêque de Paris. 2 vol. in-12, illustrés de lithographies et de vignettes.

Mme DE WITT, NÉE GUIZOT

Scènes d'histoire et de famille. 1 vol. in-12.

Une Famille à Paris. Scènes de la Vie des jeunes filles. 1 vol. in-12, orné de lithographies et vignettes.

Promenades d'une Mère, ou les douze Mois. 1 vol. in-12, orné de lithographies et de vignettes.

Les Petits Enfants, contes. 1 vol. in-12, orné de lithographies et de vignettes.

Contes d'une Mère à ses Enfants. 1 vol. in-12, orné de lithographies et de vignettes.

Une Famille à la campagne. 1 vol. in-12, orné de lithographies et de vignettes.

Hélène et ses Amies, histoire pour les jeunes filles ; traduit de l'anglais. 1 vol. in-12, orné de lithographies.

DE GERANDO ET Bon DELESSERT

Les Bons exemples, nouvelle morale en action. — *Charité et Dévouement.* 1 vol. in-12, illustré de jolies vignettes de J. David.

—— 2e série : *Courage et Humanité.* 1 vol. in-12, illustré de jolies vignettes de J. David.

Mlle ULLIAC-TRÉMADEURE

André, ou la Pierre de touche. (*Ouvrage couronné.*) Nouv. édit. 1 joli vol. in-12, illustré de lithographies.

Contes de ma mère l'Oie. Nouv. édit. 1 joli vol. in-12, illustré de lithographies.

MICHEL MASSON

Les Enfants célèbres, histoire des enfants qui se sont immortalisés par le malheur, la piété, le courage, le génie, etc. Nouvelle édition. 1 vol. in-12, orné de lithographies et vignettes.

Les Lectures en famille. Simples récits du foyer domestique. 1 vol.

Mme GUILLON-VIARDOT

Cinq Années de la Vie des Jeunes Filles. (*L'Entrée dans le monde.*) Nouvelle édition. 1 joli vol. in-12.

Projets de jeunes filles ; *Claire Duquenois,* nouvelles. (*L'Entrée dans le monde*) 1 vol. in-12.

Mme A. TASTU

Lettres choisies de madame de Sévigné, avec son Éloge. (*Couronné par l'Académie française.*) 1 vol. in-12.

Deuxième série à 2 fr. le vol. broché.

Mme GUIZOT

L'Écolier, ou Raoul et Victor. (*Ouvrage couronné par l'Académie française.*) 12e édition. 2 vol. in-12, 8 vignettes.

Une Famille, par Mme Guizot, ouvrage continué par Mme A. Tastu. 7e édition. 2 vol. in-12, 8 vignettes.

Les Enfants. Contes pour la jeunesse. 10e édition. 2 vol. in-12, 8 vignettes.

Nouveaux Contes pour la jeunesse, 9e édition. 2 vol. in-12, 8 vignettes.

Récréations morales. Contes pour la jeunesse. 10e édit. 1 vol. in-12, 4 vign.

Lettres de Famille sur l'éducation. (*Ouvrage couronné par l'Académie française.*) 5e édition. 2 vol. in-12. . . . . 6 fr.

Mme F. RICHOMME

Julien et Alphonse, ou le Nouveau Mentor. (*Ouvrage couronné par l'Académie française.*) 1 vol. in-12, 6 lithographies.

ERNEST FOUINET

Souvenirs de Voyage en Suisse, en Grèce, en Espagne, etc., ou Récits du capitaine Kernoel, destinés à la jeunesse. 1 vol. in-12 avec 6 lithographies.

Mlle C. DELEYRE

Contes pour les enfants de 5 à 7 ans. Nouv. édit. revue par Mme F. Richomme. 1 vol. in-12, avec jolies lithographies.

Contes pour les enfants de 7 à 10 ans. Nouv. édit. revue par Mme F. Richomme. 1 vol. in-12, avec jolies lithographies.

Mlle ULLIAC-TRÉMADEURE

Les Jeunes Naturalistes. Entretiens familiers sur les *animaux*, les *végétaux* et les *minéraux*. 5e édition. 2 vol. in-12, ornés de 32 vignettes.

Claude, ou le Gagne-Petit. (*Ouv. cour. par l'Acad. fr.*) 2e édit. 1 v. in-12, 4 vign.

Étienne et Valentin, ou Mensonge et Probité. (*Ouvrage couronné.*) 3e édition. 1 vol. in-12. 4 vignettes.

Les Jeunes Artistes. Contes sur les beaux-arts. Nouv. édit. 1 vol. in-12. 4 vig.

Contes aux jeunes Naturalistes sur les animaux domestiques. 5e édition. 1 vol. in-12, 4 vignettes.

Émilie, ou la jeune Fille auteur. 1 vol. in-12. 4 vignettes.

Mme A. TASTU

Les Récits du Maître d'école imités de César Cantu. 1 vol. in-12. 4 vignettes.

Les Enfants de la vallée d'Andlau, notions familières sur la religion, les merveilles de la nature, etc., par Mmes Voïart et A. Tastu. 2 vol. in-12, 8 vignettes.

Lectures pour les Jeunes Filles. Modèles de littérature en *prose* et en *vers*, extraits des Écrivains modernes. 2 vol. in-12, 8 portraits.

Album poétique des jeunes Personnes, ou Choix de poésies, extrait des meilleurs auteurs. 1 vol. in-12, 4 portraits.

Mme DELAFAYE-BRÉHIER

Les Petits Béarnais. Leçons de morale. 12e édition. 2 vol. in-12, 8 vignettes.

Les Enfants de la Providence, ou Aventures de trois Orphelins. 6e édition, revue par Mme F. Richomme. 2 vol. in-12, 8 vignettes.

Le Collège incendié, ou les Écoliers en voyage. 6e édit. 1 vol. in-12, 4 vign.

Mme L. BERNARD

Les Mythologies racontées à la jeunesse. 5e édition. 1 vol. in-12, orné de gravures d'après l'antique.

BERQUIN

L'Ami des Enfants. Édition complète. 2 vol. in-12, 32 figures.

Mme ÉL. MOREAU-GAGNE

Voyages et aventures d'un jeune Missionnaire en Océanie, etc. 1 vol. in-12. 4 lithographies.

FERTIAULT

Les Voix amies. Enfance, jeunesse, raison. Poésies. 1 vol. in-12.

CARTERON

Causeries sur l'histoire naturelle. *Oiseaux et Papillons.* 1 vol. in-12.

L'ABBÉ SAGLIER

Voyage d'un enfant à Paris. Relation publiée d'après les notes du voyageur. 1 vol. in-12. . . . . 3 fr.

OUVRAGES ILLUSTRÉS GRAND IN-8

Mme TASTU

Éducation maternelle. *Simples leçons d'une mère à ses enfants,* sur la lecture, l'écriture, l'arithmétique, la grammaire, la mémoire, la géographie, l'histoire sainte, etc. Nouvelle édition, imprimée avec luxe, illustrée de 500 jolies vignettes et cartes coloriées. 1 vol. grand in-8, papier jésus glacé. . . . . 14 fr.

Le premier Livre de l'Enfance, lecture et écriture Extrait de *l'Éducation maternelle.* 1 vol. de 80 pages, grand in-8, illustré de plus de 100 vignettes, papier vélin glacé, cartonné avec la couverture. . . . . 2 fr.

FÉNELON

Les Aventures de Télémaque et les Aventures d'Aristonoüs. Édition illustrée par Tony Johannot, Baron, C. Nanteuil, etc., accompagnée d'Études, par MM. Villemain, S. de Sacy, de l'Académie française, et J. Janin, et suivie d'un *Vocabulaire historique et géographique.* 1 beau vol. grand in-8, illustré de plus de 200 belles vignettes.. . . . . 9 fr.

MICHEL MASSON

Les Enfants célèbres. Histoire des enfants qui se sont immortalisés par le malheur, la piété, le courage, le génie et les talents. Nouvelle édition. 1 beau vol. grand in-8, illustré de très-jolies lithographies et de vignettes sur bois. 8 fr.

Mme GUIZOT

L'Amie des Enfants. Petit Cours de morale en action, comprenant tous les Contes de Mme Guizot. Nouvelle édition, enrichie de *Moralités* en vers, par Mme Élise Moreau. 1 fort vol. grand in-8, illustré de belles gravures. . . 8 fr.

L'Écolier, ou Raoul et Victor. (*Ouvrage couronné par l'Académie française.*) Nouvelle édition. 1 joli vol. grand in-8, illustré de belles lithographies.. 8 fr.

PITRE-CHEVALIER

La Bretagne ancienne depuis son origine jusqu'à sa réunion à la France. Nouvelle édition. 1 beau vol. grand in-8, illustré par MM. A. Leleux, Penguilly et T. Johannot, de plus de 200 belles vignettes sur bois, gravures sur acier, types et cartes coloriés. . . . . 15 fr.

La Bretagne moderne depuis sa réunion à la France jusqu'à nos jours. *Histoire des États et des Parlements, de la Révolution dans l'Ouest, des guerres de la Vendée,* etc., illustrée par MM. Leleux, Penguilly et T. Johannot. 1 beau vol. grand in-8, orné de plus de 200 vignettes sur bois, gravures sur acier, types et cartes coloriés.. . . . . 15 fr.

La Suisse illustrée. Description et histoire de ses vingt-deux cantons, par MM. de Chateauvieux, Dubochet, Francini, Monnard, Meyer de Knonau, de Rettimann, Schnell, Strohmeier, de Tschaerner, Henry Zschokke, etc.; *illustrée* de 32 jolies vues gravées sur acier et carte. 1 vol. gr. in-8 jésus. Nouvelle édit. 10 fr.

— Le même ouvrage, en 2 vol. grand in-8, *illustrés* de 90 jolies vues gravées sur acier, costumes coloriés et cartes. . . . . 20 fr.

BUFFON

Le Petit Buffon illustré. Histoire naturelle des *Quadrupèdes*, des *Oiseaux*, des *Insectes* et des *Poissons;* extraite de Buffon, Lacépède, Olivier, etc., par le bibliophile Jacob. 4 vol. gr. in-32, ornés de 325 figures gravées sur acier. 6 fr.

— Le même, avec les 325 figures coloriées avec soin. . . . . 10 fr.

BERQUIN

Œuvres complètes de Berquin, renfermant *l'Ami des Enfants et des Adolescents, le Livre de famille, Sandford et Merton,* etc. 4 vol. in-8, format anglais, illustrés de 200 vignettes. . . . . 10 fr.

— **L'Ami des Enfants et des Adolescents.** 2 vol. in-8, avec 100 fig. . 6 fr.

— **Le Livre de Famille.** 1 vol. in-8 avec 50 vignettes. . . . . 3 fr.

— **Sandford et Merton.** 1 vol. in-8, avec 50 vignettes. . . . . 3 fr.

L'Ami des Enfants. Nouvelle édition complète. 1 vol. grand in-8, illustré de jolies lithographies et de vignettes. . . . . 7 fr. 50

CONTES ALLEMANDS DU TEMPS PASSÉ

Extraits des recueils des frères Grimm, de Simrock, de Bechstein, de Musæus, de Tieck, Hoffmann, etc., etc., avec une légende de Loreley, traduits par Félix Frank et E. Alsleben, avec une préface de M. Laboulaye, de l'Institut. 1 beau vol. gr. in-8, illustré de 25 vignettes de Gostiaux. . . . . 8 fr.

HERBIER DES DEMOISELLES

Traité de la Botanique présentée sous une forme nouvelle et spéciale, contenant la description des plantes et les classifications, l'exposé des plantes les plus utiles; leur usage dans les arts et l'économie domestique et les souvenirs historiques qui y sont attachés; les règles pour herboriser; la disposition d'un herbier; etc., etc., par Ed. Audouit, édit. revue par le Dr Hoefer. 1 v. in-8, *illustré* de 335 jolies vignettes coloriées. 10 fr.

— Le même ouvrage. 1 vol. in-12, avec les grav. noires. . . . . 5 fr.
— — — — grav. coloriées. . . . . . . 7 fr. 50

ATLAS DE L'HERBIER DES DEMOISELLES

Dessiné par Belaife, gravé et colorié avec soin. Joli album in-4. . . . . . 16 fr.
— Le même, avec les gravures noires. . . . . 10 fr.

LE NORD DE L'AFRIQUE DANS L'ANTIQUITÉ

GRECQUE ET ROMAINE

tude historique et géographique par M. Vivien de Saint-Martin. Ouvrage couronné en 1860 par l'Académie des inscriptions et belles-lettres. 1 vol. grand in-8, accompagné de 4 cartes (Imprimerie impériale). . . . . 12 fr.

LES VILLES DE THURINGE

Weimar, Erfurt, Iéna, Gotha, Cobourg, Eisenach, etc. Excursion pittoresque et historique dans l'Allemagne centrale, par Edouard Humbert, professeur. 1 vol grand in-8, illustré de nombreuses gravures sur bois. . . . . 10 fr.

OUVRAGES DE NAPOLÉON LANDAIS

Grand Dictionnaire général des Dictionnaires français, résumé de tous les dictionnaires, par N. Landais, 14e édition, revue et augmentée d'un *Complément* de 1,200 pages. 3 vol. réunis en 2 vol. grand in-4 de 3,000 pages. . . . . 40 fr.

Ce dictionnaire contient la nomenclature exacte des mots *usuels* et *académiques*, *archaïques* et *néologiques*, *artistiques*, *géographiques*, *historiques*, *industriels*, *scientifiques*, etc., *la conjugaison de tous les verbes irréguliers*, *la prononciation figurée des mots*, *les étymologies savantes*, *la solution de toutes les questions grammaticales*, etc.

Complément du Grand Dictionnaire de Napoléon Landais, pour les onze premières éditions, par une société de savants sous la direction de MM. D. Chésurolles et L. Barré. 1 fort vol. in-4 de près de 1,200 pages à 3 colonnes. . 15 fr.

Grammaire générale des Grammaires françaises, présentant la solution de toutes les questions grammaticales, par N. Landais. 6e édit. 1 vol. in-4. . 9 fr.

Petit Dictionnaire des Dictionnaires français, par N. Landais. Ouvrage *entièrement refondu*, et offrant, sur un nouveau plan, la nomenclature complète, la prononciation nécessaire, la définition claire et précise et l'*étymologie* vraie de tous les mots du vocabulaire usuel et littéraire, et de tous les termes scientifiques, artistiques et industriels de la langue française, par M. Chésurolles. 1 très-joli vol in-32 de 600 pages.. . . . . 1 fr. 50

Dictionnaire des Rimes françaises, disposé dans un ordre nouveau d'après la distinction des rimes en *suffisantes*, *riches* et *surabondantes*, etc., précédé d'un *Traité de Versification*, etc., par N. Landais et L. Barré. 1 vol. in-32. . 1 fr. 50

DICTIONNAIRE DE TOUS LES VERBES

De la langue française tant *réguliers qu'irréguliers*, entièrement conjugués, sous forme synoptique, précédé d'une théorie des verbes et d'un traité des participes, etc. d'après l'Académie, Laveaux, Trévoux, Boiste, Napoléon Landais et nos grands écrivains; par MM. Verlac et Litais de Gaux, professeur, membre de la Société grammaticale de Paris, etc. 1 beau vol. in-4. Nouv. édit.. . . . 10 fr.

DICTIONNAIRE DE MEDECINE USUELLE

A l'usage des gens du monde, des chefs de famille et des grands établissements, des administrateurs, des magistrats, des officiers de police judiciaire, et enfin de tous ceux qui se dévouent au soulagement des malades.

Par une société de Membres de l'Institut, de l'Académie de médecine, de Professeurs, de Médecins, d'Avocats, d'Administrateurs et de Chirurgiens des hôpitaux dont les noms suivent : Andrieux, Andry, Blache, Blandin, Bouchardat, Bourgery, Caffe, Capitaine, Carron du Villards, Chevalier, Cloquet (J.), Colombat, Cottereau, Couverchel, Cullerier (A.), Deleau, Devergie, Donné, Falret, Fiard, Furnari, Gerdy, Gilet de Grammont, Gras (Albin), Guersent, Hardy, Larrey (H.), Lagasquie, Landouzy, Lélut, Leroy d'Etiolles, Lesueur, Magendie, Marc, Marchesseaux, Martins, Miquel, Olivier (d'Angers), Orfila, Paillard de Villeneuve, Pariset, Plisson, Poiseuille, Sanson (A.), Royer-Collard, Trébuchet, Toirac, Velpeau, Vée, etc. Publié sous la direction du docteur Beaude, médecin inspecteur des eaux minérales, membre du Conseil de salubrité. 2 forts vol. in-4. . . . . 24 fr.

Demi-reliure dos de chagrin. . . . . 30 fr.

LE CORPS DE L'HOMME

Traité complet d'anatomie et de physiologie humaine, suivi d'un *Précis des Systèmes de* Lavater *et de* Gall; à l'usage des gens du monde, des médecins et des élèves, par le docteur Galet. 4 vol. in-4, *illustré* de plus de 400 figures dessinées d'après nature et lithographiées. . . . . 90 fr.

— Le même ouvrage, avec les 400 figures coloriées avec le plus grand soin. 140 fr.

NOUVELLE COLLECTION DES MÉMOIRES RELATIFS A L'HISTOIRE DE FRANCE

Par MM. **Michaud et Poujoulat,**

Avec la collaboration de MM. Champollion, Bazin, Moreau, etc.

34 volumes grand in-8 jésus à 2 col., illustrés de plus de 400 portraits sur acier. Prix : 325 fr.

TOME I.

G. DE VILLEHARDOUIN. — H. DE VALENCIENNES. P. SARRAZIN. — SIRE DE JOINVILLE. — Sur le règne de saint Louis et les Croisades (1198-1270).
DU GUESCLIN. — Mémoires (13...-1380).
CHRISTINE DE PISAN — Le Livre des faits, etc., du roi Charles V (1336-1372).

TOME II.

CH. DE PISAN. — Le Livre des faits, 2e part. (1375-1380).
EXTRAITS DES CHRONIQUEURS, sur les règnes de Philippe le Hardi, etc., jusqu'à Jean II.
JEAN LE MAINGRE dit BOUCICAUT (1368-1421).
J. DES URSINS (1380-1422). — P. DE FENIN (1407-1427).
ANONYME. — Journal d'un bourgeois de Paris sous Charles VI (1409-1422).

TOME III.

MÉMOIRES sur Jeanne d'Arc (1422-1429).
G. GRUEL. — Hist. d'Artus de Richemont (1413-1457).
ANONYME. — Journal d'un bourgeois de Paris sous Charles VII (1422-1449).
O. DE LA MARCHE. — J. DU CLERCQ (1435-1489).

TOME IV.

PH. DE COMINES. — Mém. (1464-1498).
JEAN DE TROYES. — Chronique (1460-1483)
G. DE VILLENEUVE. — Mém. (1494-1497).
J. BOUCHET. — Panég. de la Trémouille (1460-1525).
LE LOYAL SERVITEUR. — Hist. du bon chevalier Bayard (1476-1524).

TOME V.

LA MARK, seign. de Fleurange. — Hist. des règnes de Louis XII et de François Ier (1499-1521).
LOUISE DE SAVOIE. — Journal (1476-1522).
MARTIN et G. DU BELLAY. — Mém. (1513-1547).

TOME VI.

F. DE LORRAINE, duc de Guise. — Mém. (1547-1561).
L. DE BOURBON, prince de Condé (1559-1564).
A. DU PUGET. — Mémoires (1561-1596).

TOME VII.

B. DE MONTLUC. — FR. DE RABUTIN. — Commentaires (1521-1574).

TOME VIII.

SAULX-TAVANNES. — Mémoires (1515-1595).
SALIGNAC. — Le siége de Metz (1552).
COLIGNY. — Le siége de S.-Quentin (1557).
LA CHASTRE. — Mémoires du duc de Guise en Italie, etc. (1556-1557).
ROCHECHOUART. — ACH. GAMON. — J. PHILIPPI. — Mémoires (1497-1590).

TOME IX.

VIEILLEVILLE. — Mem. (1527-1571). — CASTELNAU. (1559-1570). — J. DE MERGEY (1554-1589). — FR. DE LA NOUE (1562-1570).

TOME X.

B. DU VILLARDS. — Mem. (1559-1569). — MARG. DE VALOIS. (1569-1582). — PH. DE CHEVERNY. (1553-1582). — PH. HURAULT, év. de Chartres. (1598-1601).

TOME XI.

DUC DE BOUILLON. — Mém. (1555-1586). — CH. DUC D'ANGOULÊME (1589-1593). — DE VILLEROY. Mém. d'État (1531-1594). — J.-A. DE THOU (1553-1601).
J. CHOISNIN. — Mém. sur l'élection du roi de Pologne (1571-1573).
J. GILLOT, L. BOURGEOIS, DUBOIS. — Relations touchant la régence de Marie de Médicis, etc.
MATH. MERLE et S.-AUBAN. — Mém. sur les guerres de religion (1572-1587).
M. DE MARILLAC et CLAUDE GROULART. — Mém. et voyages en cour (1588-1600).

TOMES XII-XIII.

[illegible] — Chronol. novenaire (1589- [illegible] septenaire, etc. (1598-1604).

TOMES XIV-XV.

P. DE L'ESTOILE. — Registre-journal d'un curieux, etc. (1574-1589), publié d'après le manuscrit autographe *presque entièrement inédit*, par MM. Champollion. — Mém. et journal (1589-1611.)

TOMES XVI-XVII.

SULLY. — Mém. des sages et royales œconomies d'Estat, etc. (1570-1628).
MARBAULT, secrétaire de Duplessis-Mornay. — Remarques inédites sur les Mémoires de Sully.

TOME XVIII.

JEANNIN. — Négociations (1598-1609).

TOME XIX.

FONTENAY-MAREUIL (1609-1647). PONTCHARTRAIN Mém. (1610-1620). — M. DE MARILLAC. — Relation exacte de la mort du maréchal d'Ancre. — ROHAN. Mem. sur la guerre de la Valteline, etc. (1610-1629).

TOME XX.

BASSOMPIERRE (1597-1610). D'ESTRÉES (1610-1617).
TH. DU FOSSÉ. — Mémoires de Pontis (1597-1652).

TOMES XXI-XXII.

CARDINAL DE RICHELIEU. — Mémoires (1600-1638).

TOMES XXIII.

C. DE RICHELIEU. — Mém. et Testam. (1638-1642).
ARNAULD D'ANDILLY — Mém. (1610-1656).
ABBÉ ANT. ARNAULD (1634-1675).
GASTON, duc d'Orléans (1608-1636).
DUCHESSE DE NEMOURS. — Mémoires.

TOME XXIV.

Mme DE MOTTEVILLE. — LE P. BERTHOD (1615-1666).

TOME XXV.

CARD. DE RETZ. — Mémoires (1648-1679).

TOME XXVI.

GUY JOLY. — Mém. (1648-1665). CL. JOLY. — Mém. (1650-1655). — P. LENET. — Mém. (1627-1659).

TOME XXVII.

BRIENNE (1615-1661). — MONTRÉSOR (1632-1637).
FONTRAILLES. — Relation de la cour, pendant la faveur de M. de Cinq-Mars (1641).
LA CHATRE. — Mém. (1642-1643). — TURENNE. Mém. (1643-1659). — DUC D'YORK. Mém. (1652-1659).

TOME XXVIII.

Mlle DE MONTPENSIER. — Mémoires (1627-1686).
V. CONRART. — Mém. (1652-1661).

TOME XXIX.

MONTGLAT. — Mém. sur la guerre entre la France et la maison d'Autriche (1635-1660).
LA ROCHEFOUCAULD. — Mém. (1630-1652).
GOURVILLE. — Mémoires (1642-1698).

TOME XXX.

O. TALON. — Mém. (1630-1653). — CHOISY (1644-1724).

TOME XXXI.

HENRI, duc de Guise. — Mém. (1647-1648). — GRAMONT. — Mém. (1604-1677). — GUICHE. — Relation du passage du Rhin. — DU PLESSIS. — Mém. (1622-1671). M. DE *** (de Brégy). — Mém. (1613-1690).

TOME XXXII.

LA PORTE. — Mém. (1624-1666).
CHEVALIER TEMPLE. — Mém. (1672-1679).
Mme DE LA FAYETTE. — Hist. de Mme Henriette d'Angleterre. — Mém. de la cour de France (1688-1689).
LA FARE. — Mém. (1661-1693). — BERWICK. — Mém. (1670-1734). — CAYLUS. — Souvenirs. — TORCY. — Mém. p. servir à l'hist. des négociat. (1697-1713)

TOME XXXIII.

VILLARS. — Mém. (1672-1734). — FORBIN (1677-1710). — DUGUAY-TROUIN. — Mémoires (1689-1710).

TOME XXXIV.

DUC DE NOAILLES. — Mém. (1663-1756). — DUCLOS. — Mém. secrets, etc. (1710-1726).
Mme DE STAAL-DELAUNAY. — Mémoires.

ŒUVRES COMPLÈTES

DE

BARTOLOMMEO BORGHESI

Publiées par les ordres et aux frais de S. M. l'Empereur NAPOLÉON III

ET PAR LES SOINS D'UNE COMMISSION COMPOSÉE DE

MM. LÉON RENIER, J. B. DE ROSSI, N. DESVERGERS, CAVEDONI, G. HENZEN, MINERVINI, RITSCHL, ROCCHI ET E. DESJARDINS, secrétaire

LES ŒUVRES COMPLÈTES DE BORGHESI FORMERONT 5 SÉRIES

En vente : 1° Les **Œuvres numismatiques** en 2 vol. in-4. . . . . . . 40 fr.
2° **Œuvres épigraphiques** qui formeront plusieurs vol. in-4. Tomes 1 à 3. 60 fr.

Sous presse : 3° Les **Fastes consulaires** en 2 vol. in-folio.
4° La **Correspondance**, dont la plus grande partie est inédite et qui formera aussi plusieurs vol. in-4.
5° L'**Introduction**, comprenant la biographie et les œuvres littéraires de Borghesi.

MÉMOIRES ARCHÉOLOGIQUES

État de la médecine entre Homère et Hippocrate, par le docteur CH. DAREMBERG. Gr. in-8. . . . . 5 fr.

Le passage d'Annibal du Rhône aux Alpes, par l'abbé DUCIS. In-8 de 110 pages. . . . . 2 fr. 50

La Médecine dans Homère, par le docteur CH. DAREMBERG, Grand in-8 de 100 pages avec planches. . . . . 5 fr.

Cavernes du Périgord. Notes sur des figures gravées ou sculptées d'animaux remontant aux temps primordiaux de la période humaine, par MM. LARTET et CHRISTIE. Grand in-8 avec figures . . . . 2 fr. 50

Mémoires sur les provinces romaines et sur les listes qui nous en sont parvenues, depuis la division faite par Dioclétien jusqu'au commencement du ve siècle, par THÉOD. MOMMSEN, avec un appendice par Ch. Müllenhoff, trad. par Em. Picot. Grand in-8 avec carte. . . . . 3 fr.

Carte de la Gaule de Peutinger, avec de nouvelles observations par M. ALFRED MAURY. Grand in-8 avec carte. . . . . 2 fr. 50

Carte de la Gaule sous le proconsulat de César. Examen des observations critiques auxquelles cette carte a donné lieu en Belgique et en Allemagne, par le général CREULY. Grand in-8 de 100 pages. . . . . 2 fr. 50

Les Voies romaines en Gaule. Voies des itinéraires. Résumé du travail des commissions de la topographie des Gaules, par ALEX. BERTRAND. Gr. in-8. 2 fr. 50

Les Armes d'Alise. Notice par VERCHÈRE DE REFFYE, officier d'ordonnance de l'empereur. Grand in-8 avec photographies rt vignettes. . . . . 4 fr.

La Nouvelle table d'Abydos, par AUG. MARIETTE. Gr. in-8 avec une pl. 3 fr. 50

Études sur les origines bouddhiques de la civilisation américaine, par M. G. D'EICHTHAL. 1re partie. Grand in-8. . . . . 3 fr. 50

Observations sur le texte de Joinville et la lettre de Jean-Pierre Sarazin, par CH. CORRARD. Grand in-8. . . . . 3 fr. 59

Nouvel essai sur les Inscriptions gauloises, par AD. PICTET. Gr. in-8. 3 fr.

La Chronologie biblique fixée par les éclipses des inscriptions cunéiformes, par J. OPPERT. Grand in-8. . . . . 2 fr.

Noms propres, anciens et modernes. Études d'onomatologie comparée, par R. MOWAT. Grand in-8. . . . . 3 fr.

Un poëme de la fin du IVe siècle retrouvé par M. Léopold Delisle, recherches par M. CH. MOREL. Grand in-8. . . . . 1 fr. 50

Sur les tombes de l'Ancien Empire que l'on trouve à Saqqarah, par AUG. MARIETTE, Grand in-8, 3 planches. 3 fr

JOURNAL DES SAVANTS

COMPOSITION DU BUREAU :

M. LE MINISTRE DE L'INSTRUCTION PUBLIQUE, *Président.*

Assistants

M. LEBRUN, de l'Académie française.
M. GIRAUD, de l'Acad. des sciences morales.
M. NAUDET, de l'Académie des inscriptions et des sciences morales.
M. MÉRIMÉE, de l'Acad. fr. et des inscript.
M. VILLEMAIN, de l'Acad. fr. et des inscrip.

Auteurs

M. CHEVREUL, de l'Académie des sciences.
M. PATIN, de l'Académie française.
M. MIGNET, de l'Acad. fr. et des sc. morales.
M. L. VITET, de l'Acad. fr. et des inscript.
M. B. SAINT-HILAIRE, de l'Ac. des sc. mor.
M. LITTRÉ, de l'Académie des inscriptions.
M. FRANCK, de l'Acad. des sciences morales.
M. BEULÉ, de l'Acad. des beaux-arts.
M. J. BERTRAND, de l'Acad. des sciences.
M. SAINTE-BEUVE, de l'Acad. française.
M. CLAUDE BERNARD, de l'Académie des sciences.
M. Alf. MAURY, de l'Académie des inscript.

CONDITIONS DE L'ABONNEMENT

Le *Journal des Savants* paraît chaque mois par cahiers de 8 feuilles in-4. Le prix de l'abonnement est de 36 fr. par an pour Paris, et de 40 fr. pour les départements.
Chaque année forme 1 volume. Il reste encore quelques exemplaires de la collection en 49 vol. au prix de 735 fr. On peut avoir ensemble ou séparément les années depuis 1830 jusqu'en 1868 au prix de 25 fr.

REVUE ARCHÉOLOGIQUE

OU

RECUEIL DE DOCUMENTS ET DE MÉMOIRES RELATIFS A L'ÉTUDE DES MONUMENTS
A LA NUMISMATIQUE ET A LA PHILOLOGIE

DE L'ANTIQUITÉ ET DU MOYEN AGE

PUBLIÉS PAR

MM. le vicomte de Rougé, de Longpérier, F. de Saulcy, Alfred Maury, le duc de Luynes, Renier, Brunet de Presle, Miller, Egger, Beulé, Ed. Le Blant, Membres de l'Institut; **Viollet-le-Duc,** Architecte du Gouvernement; **le général Creuly, A. Bertrand, Chabouillet,** de la Société des Antiquaires de France.
A. Mariette, Deveria, Conservateurs du Musée du Louvre;
J. Quicherat, Perrot, Heuzey, Wescher, Dumont, de l'École d'Athènes, etc.
ET LES PRINCIPAUX ARCHÉOLOGUES FRANÇAIS ET ÉTRANGERS

MODE ET CONDITIONS DE L'ABONNEMENT

La *Revue archéologique* paraît chaque mois par cahiers de 64 à 80 pages grand in-8, qui forment, à la fin de chaque année, deux volumes ornés de planches gravées sur acier et de gravures sur bois intercalées dans le texte.

Prix : Paris : Un an, 25 fr. — Départements : Un an, 27 fr.

Les années 1860 à 1868, formant les 18 premiers volumes de la nouvelle série, coûtent chacune 25 fr. (Le souscripteur à l'année 1869 peut acquérir cette Collection pour 180 fr. au lieu de 225.)

PARIS. — IMP. SIMON RAÇON ET COMP., RUE D'ERFURTH, 1.

www.ingramcontent.com/pod-product-compliance
Ingram Content Group UK Ltd.
Pitfield, Milton Keynes, MK11 3LW, UK
UKHW012050240726
13965UKWH00003B/1190

9 782013 086202